千只鹤
せんばづる

[日] 川端康成 著

韵鹦 译

图书在版编目(CIP)数据

千只鹤 / (日) 川端康成著 ; 韵鹦译. — 重庆 : 重庆出版社, 2023.2
ISBN 978-7-229-17513-9

Ⅰ. ①千… Ⅱ. ①川… ②韵… Ⅲ. ①中篇小说—小说集—日本—现代 Ⅳ. ① I313.45

中国版本图书馆 CIP 数据核字(2023)第 024811 号

千只鹤
QIANZHI HE
川端康成 著 韵鹦 译

丛书策划:李 子
责任编辑:李 梅
责任校对:刘小燕
版式设计:侯 建

重庆出版集团
重庆出版社 出版

重庆市南岸区南滨路 162 号 1 幢 邮政编码:400061 http://www.cqph.com
重庆天旭印务有限责任公司印刷
重庆出版集团图书发行有限公司发行
E-MAIL:fxchu@cqph.com 邮购电话:023-61520646
全国新华书店经销

开本:787mm×1 092mm 1/32 印张:9.25 字数:230 千
2023 年 2 月第 1 版 2023 年 2 月第 1 次印刷
ISBN 978-7-229-17513-9
定价:45.00 元

如有印装质量问题,请向本集团图书发行有限公司调换:023-61520678

版权所有 侵权必究

目录

千只鹤
/1

彩虹几度
/115

千只鹤

千只鹤

一

踏入镰仓圆觉寺时,菊治已经迟到了,可还在犹豫着是否要去参加茶会。

每过一段时间,"栗本近子之会"就会在圆觉寺后院的茶室举办,菊治照例会收到近子的请帖。可自从父亲去世之后,他就再没去过。在他看来,近子给他请帖,完全是在照顾他死去父亲的情面。既然如此,他也懒得去应酬。

然而，这次的请帖跟以往的不同，上面多附了一句话："切盼莅临，我要介绍一位女弟子与你认识。"

菊治的脑海里浮现出他八九岁时的一件事：那时父亲尚在，他带着菊治去拜访近子。走近茶室时，菊治看到近子正敞开衣服，拿着一把小剪子，把胸脯上一块痣上的毛一一剪去。那块痣长在左边胸脯，有掌心那么大，覆盖住一半乳房，直扩展到心窝。那块痣是黑紫色的，上面的毛也是黑的。

"哟，少爷也来了！"

发现有人来，近子吃了一惊，下意识地去合衣服。可又觉得太过慌张，反而不雅，便稍稍转了转身，缓缓地将衣服掖进了腰带。

进大门时，是女佣来应的门，她开门后就先去向近子通报，所以近子知道父亲已经来了。可见她所吃惊的，并非是父亲，而是菊治。

父亲没有进茶室，而是走到邻近的房间坐下。那里是客厅，现在则改成了学习茶道的教室。

看着壁龛中悬挂的卷轴，父亲漫不经心地说："沏碗茶吧。"

"唉。"近子应了一声，却没有站起来。菊治看到她那些剪下来的毛，像男人的胡子一样，散落在她膝盖处铺着的报纸上。

明明是大白天，却有老鼠在天花板上跑来跑去。走廊外，桃花绽开了花瓣。

近子坐在茶炉边，神色一片茫然。

十天后，母亲神秘兮兮地给父亲说了个大秘密。她说近子胸口上长了块黑痣，她就是因为那块痣才没有结婚。母亲以为父亲不知道这件事，脸上露着同情。

"哦，"父亲带着惊讶附和着，但又说，"不过给丈夫看到也没有关系呀，只要婚前对方知道并谅解就可以了。"

"我就是这么跟她说的。可一个女孩子，身上有那么大块黑痣，怎么说得出口。"

"她已经不是女孩子了。"

"话是这样说，可还是难以启齿。如果男人在婚后才发现，或许会一笑了之了。但……"

"她让你看她的痣了？"

"怎么可能？！看你说的！"

"说说而已嘛，要不你怎么知道的。"

"今天她来茶室了，我们闲聊了一阵……她犹豫了好久，最终还是跟我说了。"

父亲默然无语。

"你说说看，如果结婚后才发现，男人会怎么想？"

"也许会觉得讨厌吧，毕竟看着不舒服。但这也说不定，对有的人来说，这种秘密或许反而是一种乐趣，一种诱惑。或者这个短处，还能引出别的长处来。毕竟这个也算不得什么大毛病。"

"是啊，我也是这么安慰她来着，这又不是什么毛病。可她说，那痣是长在乳房上的。"

"哦？"

"她觉得，生了孩子就要喂奶，这让她很痛苦。就算丈夫认可了，孩子也……"

"有那块痣，就没有奶水了吗？"

"不是的，她认为孩子吃奶的时候会看到那块痣。她一想到这个，就觉得痛苦。这个我可没想到，或许非得是当事人才能想得这么细吧。我后来一想，也确实如此。孩子一出生就要吃奶，睁眼看到的第一眼就是这块丑陋的痣，还是长在母亲的乳房上。这便成了孩子对这个世界的第一印象，对母亲的第一印象。这或许会成为孩子一生的阴影。"

"嗯。不过，或许是她多虑了，何必想那么多。"

"就是呀，如果实在觉得给孩子喂奶不好，可以给孩子喂牛奶呀，请个奶妈也行。"

"其实，只要能出奶，长块痣又有什么。"

"不不不，那可不行！我看她说了之后，眼泪都下来了。我就想，对啊，如果是我们家的菊治，我也不愿意让他吃有痣的奶。"

"嗯，是的。"

菊治对父亲假装不知情的样子，感到厌恶。就连他都看到了那块痣，父亲却装作没有看见，这让儿时的他无比愤怒。

然而，在事隔二十年后的今天，再回想当时的场景，菊治却能感受到父亲的尴尬。想到这里，菊治不由得苦笑起来。

菊治又想起大约十几岁时，他总会回想起母亲的话。他总是担心，自己会不会有一个同父异母的弟妹，吃着有痣的奶长大。一想到这个，他就感到不安，甚至害怕。

让他害怕的，不仅仅是可能有别的兄弟姊妹，更重要的是，他害怕有这样的孩子存在。想着那孩子吃着那块痣上长毛的奶，他就感到恐惧，如同看到了恶魔一般。

万幸的是，近子没有生孩子。或许，是父亲没有让她生；或许，是父亲不想让她生；或许，是父亲告诉近子，她说的关于痣和婴儿的事，让母亲害怕了，流泪了。总之，无论是父亲生前还是死后，近子的孩子都没有出现过。

近子之所以到母亲面前坦白，估计是担心菊治将那日的事告诉母亲。与其那样，还不如自己把事情说出来。

可近子到底也没有结婚，难道那块痣真的影响到了她？

不管那块痣对近子的影响如何，菊治却始终没有将其摆脱。他总是忍不住想，这样的痣，会不会在某个地方再次同他邂逅？！

所以当菊治看到近子在请帖上的附言时，那块痣就浮现在了眼前。让他去认识某位小姐，那近子介绍的人会有洁白无瑕的肌肤吗？

他忍不住又想起了父亲：父亲会不会偶尔用手捏那块痣呢？或者，父亲甚至咬过那块痣？

菊治胡思乱想着。即便走在这个小鸟啾啾的寺院后庭，也无法阻止他的思绪。

他不可抑制地想到了近子后来的变化。大约在他看到那块痣后两三年，近子开始变得男性化，现在则又蹊跷地变得中性了。

今天的茶会上，近子一定又会施展起她那麻利的本事。不过她那长痣的乳房，应该已经干瘪了。

想到此处，菊治松了口气，觉得自己的胡思乱想实在可笑。正要笑出来时，两位小姐从后面匆匆忙忙地赶了上来。

菊治让到一边，在她们经过的时候，礼貌地询问："请问，栗本女士的茶会是走这条路吗？"

"是的。"两位小姐同时回答。

其实，菊治不问路也知道该怎么走。况且，看这两位小姐一身和服，就可判断出她们也是去参加茶会的。菊治的问路，不过是想跟自己确认，是否真要去赴约。

他看到其中一位小姐的手上，拿着一个粉红绉绸的小包，上面绘制着洁白的千只鹤，美极了。

二

两位小姐率先走到了茶室前，正换布袜时，菊治到了。

他从两位小姐的背后瞥向室内。这是间大约八张榻榻米大的房间，几乎都是身着华丽和服的人，摩肩接踵地并排坐着。

近子眼尖，一下就看到了菊治，赶紧起身走了过来。

"来，请进。真是稀客呀。欢迎光临。从那边上来吧，没关系的。"

说着，近子指了指靠近壁龛的拉门。

感到茶室的女客人们都看向他，菊治涨红了脸："都是女客人吗？"

"是的。本来是有男客人的，但都走了。你现在就是万绿丛中的一点红。"

"不是红。"

"菊治，害羞什么，你有资格称红的。"

菊治挥挥手，示意自己要绕到另一个门。

换袜子的小姐，将穿着走了一路的布袜装进千只鹤的包里，就彬彬有礼地站在一旁，等菊治先走。

菊治走进邻近的房间，那里散乱地放着点心盒子、搬来的茶具箱、客人的东西等等。女佣们正在里面的洗茶具房里洗洗涮涮。

近子走进来，跪坐在菊治面前问："怎样，这小姐还行吧？"

"你是说那个拿千只鹤包的小姐吗？"

"包？我不知道什么包。我说的就是刚才站在那儿的那位标致小姐。她可是稻村先生的千金。"

菊治含混地点了点头。

"还说什么包，你竟然连人家的东西都注意到了。我可不能大意。我还以为你们是一起来的，正在佩服你的本事呢。"

"说什么呢。"

"你俩先碰到了，也是有缘啊。令尊也是认识稻村先生的。"

"是吗？"

"她家以前是横滨的生丝商。今天我可什么都没跟她说，你就好好地看看她吧。"

近子的嗓门有些大，菊治很担心一扇之隔的茶室里，是否有人听见了。正在无奈地叹息时，近子突然凑过来："不过，还有些麻烦事。"

她压低嗓门说："太田夫人也来了，她的女儿也跟着的。"

她察言观色地说："今天我没请她……但你知道，这样的茶会，即便是个路人也可以来。就在刚才，有两批美国人来过了。很抱歉啊，太田夫人一听说我要办茶会，就来了，我也没办法。不过，她并不知道你的事。"

"我也……"

菊治本想说他也不知道今天是来相亲的，可还是没说出口，又将话咽了回去。

"要尴尬，也是太田夫人的事，你就当不知道好了。"

菊治对近子的说法很生气。

栗本近子应该跟父亲的交往并不深，时间也不长。父亲去世前，近子就总像个随便的女人，不断地出入菊治家。不仅是茶会，就连平时来也会下厨干活。

母亲后来应该是察觉到父亲看过近子的那块痣。但自从近子开始男性化后，母亲或许觉得已经时过境迁，嫉妒之类的就显得更为滑稽。于是近子就若无其事地，总站在母亲的身后。

不知不觉地，菊治待近子也随便起来。他不时任性地顶撞她，幼时令他窒息的那种厌恶感竟也淡薄了。

近子的男性化，以及成为菊治家方便的帮工，或许跟她的生活方式有关。但近子确实仰仗着菊治家，成为了小有名气的茶道师傅。

父亲去世之后，菊治曾想，近子或许是因为跟父亲有过一段不正常的交往，所以才把自己女性的一面给抹杀了。他心底甚至对她涌起了一丝同情。

母亲之所以不那么仇视近子，或许还跟太田夫人有关。自从父亲的茶友太田去世后，菊治的父亲就负责处理太田留下的茶具。这样他就和太田夫人有了经常接触的机会。

将这件事告诉菊治母亲的，最早还是近子。当然，近子是站在母亲一边，甚至做得相当过分。她曾尾随菊治的父亲，还不时地去太田夫人家警告对方，仿佛是她身上的妒火在井喷。

菊治的母亲是个腼腆的人，她被近子的捕风捉影、好管闲事吓住了，生怕家丑外扬。

即便菊治在场，近子也会向母亲数落太田夫人。菊治母亲不想他听，近子却说让菊治听听也好。

"上次我去她家里狠狠地骂了她一顿，大概是她的孩子听到了，隔壁的房间突然就有人开始抽泣。"

"是她女儿？"

母亲皱起了眉头。

"是。据说都十二岁了。太田夫人很聪明，我还以为她会去责备女儿，哪知她竟然把女儿抱过来搂着，一起哭给我看。"

"那孩子也太可怜了，不是吗？"

"所以啊，孩子也可以拿来做出气工具。那孩子对母亲的事全都知道。不过那姑娘蛮可爱的，长了张小圆脸。"近子说着望向菊治，"菊治少爷要是能对父亲说上几句就好了。"

"别在这里挑拨离间。"

母亲忍无可忍地责备。

"太太，您就爱把委屈放肚子里，这可不行，该咬牙把它全部讲出来。您这么瘦，人家可生得油光水滑的。她虽然不够聪明，但只要温柔地哭上一场，就什么都解决了……她那故去先生的照片还挂在接待您先生的客厅里，您家先生也够沉得住气的。"

那样被近子数落过的太田夫人，居然在菊治父亲死后，带着女儿来参加近子的茶会。这样的现实，让菊治仿佛被某种冰冷的东西猛击了一下。

就算近子没有邀请太田夫人，但这说明，在父亲故去后，近子同太田夫人依旧有交往，太田夫人甚至还让女儿来向近子学习茶道。

"如果你不愿意，我就让太田夫人先回去。"近子看着菊治。

11

"我无所谓,对方要不要回去,随意就好。"

"如果她是那种明智的人,令尊令堂哪会那么烦恼。"

"她家小姐一道来的吗?"

菊治没见过太田太太的女儿。他觉得在太田夫人在场的情况下与拿千只鹤包的小姐见面不合适,他更不想与太田小姐有如此见面。可近子的声音总在菊治的耳边萦绕,刺激着他的神经。

"反正她们都知道我来了,逃也逃不掉。"

菊治说着站起身,从靠近壁龛这边进入茶室,在进门处的上座坐下。近子紧跟着进来。

"这位是三谷少爷,是三谷先生的公子。"

近子郑重其事地向大家介绍。菊治向大家施了个大礼,抬头将小姐们清晰地看在眼里。菊治紧张起来,满目鲜艳的和服,让他分不清谁是谁。

等菊治定下心神,才发现太田夫人就坐在他的正对面。

"啊!"夫人叫了一声。

在座的都听见了,那声音淳朴而亲切。

夫人说:"多日不见,久违了。"

她轻轻拽了拽女儿的袖口,示意她打招呼。那小姐却有些困惑,脸上一片潮红,只是低头施礼。

菊治意外地发现,夫人的态度不仅没有敌视或恶意,反而着实亲切。与菊治的不期而遇,似乎令她非常愉快,甚至忘记了自己的身份。

那小姐一直低着头。

等夫人反应过来时,她的脸也红了。她看着菊治,目光中有着要一吐衷肠的情意。

"您还在搞茶道吗？"

"不，我从来不搞茶道的。"

"噢，可府上不是茶道世家吗？"

夫人的眼睛突然湿润了，仿佛有什么触动了她心中敏感的部位。

自从父亲的葬礼后，菊治就没见过太田夫人。比起四年前，她几乎没什么变化。她显得很年轻。那白皙的修长脖颈，和与之不相称的圆润肩膀，一如旧时般优美。嘴巴和鼻子小巧玲珑，尤其那鼻子别致而讨喜。她说话的时候，偶尔会有反咬合的情形。

她的女儿继承了母亲的基因，也有修长的脖颈和圆润的肩膀。紧闭的嘴巴比母亲的大一点，把母亲的嘴巴衬托得小得有些滑稽。那双黑眼珠比母亲大，似乎还带着几分哀愁。

近子看着炉中的炭火说："稻村小姐，能给三谷先生沏碗好茶吗？你还没点过茶呢。"

"好。"

拿着千只鹤包的小姐应了一声，便起身走过去。

菊治发现，这位小姐就坐在太田夫人的旁边。但自从看到太田夫人和太田小姐后，他就尽量不去看她。近子让稻村小姐点茶，或许就是给菊治看稻村小姐的机会吧。

稻村小姐跪坐在茶水锅前，回头问近子："用什么茶碗？"

"嗯，用织部①的那只茶碗吧。"近子说，"三谷少爷的父亲

---

① 古田织部为日本茶道大家，织部茶碗即日本桃山时代在美浓由古田织部指导所烧制的陶器茶碗。

就爱用那只茶碗，那还是他送我的呢。"

稻村小姐面前的茶碗，菊治有些印象。虽说父亲用过这碗，但事实上这碗是从太田夫人那里得到的。作为已故丈夫的喜爱之物，转到了菊治父亲手里后，又到了近子的手里，最后在此刻出现在茶席上，不知道太田夫人会有怎样的心情。

菊治对近子的满不在乎非常震惊，而太田夫人又何尝不是。

与这些中年妇女紊乱与纠葛的过去相比，还是点茶的这小姐纯洁、可爱。

三

近子想让菊治看看拿千只鹤包的小姐，但那小姐似乎不知道她的意图。她毫不怯场地点好了茶，亲自端到了菊治面前。

菊治喝完茶，欣赏了茶碗。这是只黑色的织部茶碗，是由古田织部在美浓指导烧制的陶器茶碗，正面的白釉处用黑釉绘制了鲜嫩的蕨菜。

"你见过的吧？"近子问。

"可能见过的吧。"菊治含混地答道，把茶碗放了下来。

"这蕨菜的嫩芽最能表达乡村的情趣，是适合早春的好茶碗，令尊就曾用过。虽然现在拿出来用有些晚，不过用来给菊治少爷献茶却正合适。"

"不。对这只茶碗来说，家父不过是短暂地拥有过它，算得了什么呢。这只茶碗是从桃山时代的利休传下来的，这几百年来众多的茶人都珍惜它，将它流传了下来。家父所拥有它的时间，恐怕还算不上什么吧。"菊治说。

菊治不想记住这茶碗的来历。它是由太田先生传给他遗孀的，又从太田夫人那里转到了父亲手里，再从父亲手里转到了近子手里。现在太田小姐、菊治的父亲都去世了，剩下的两个女人却在这里与它相逢。从这点来说，这茶碗的命运也是够蹉跎的。

如今，这古老的茶碗，又在这里被太田夫人、太田小姐、稻村小姐以及其他小姐用嘴唇接触，用手触摸。

"我也要用它喝碗茶，刚才我用的是别的茶碗。"

太田夫人唐突地说。

菊治一惊，不知她这是在冒傻气，还是厚脸皮。他突然觉得一直低着头的太田小姐真可怜，都不忍再看她。

稻村小姐接着为太田夫人再次点茶，全场的目光都落在了她身上。她并不知道这只碗的渊源，只是按照规范的动作进行着。

她点茶的动作淳朴而规范，从胸部到腿部的姿势都正确而高雅。嫩叶的影子投射在了小姐身后的糊纸门扇上，她那艳丽的长袖和服的肩部和袖兜仿佛隐约反射出柔光，衬得那头秀发乌黑、亮丽。

这房间于茶室而言，过于明亮了。然而正是这样，它映衬出了少女的青春光彩。那充满少女感的小红绸巾不仅不让人感觉平庸，更给人一种水灵的感觉，让那小姐的手仿若绽开的红花。她的周围，如有白色的小小千只鹤在翩然飞舞。

太田夫人把织部茶碗托在手心："这黑碗衬着绿茶，如春天大地上萌发的翠绿！"

她没有说出这茶碗的来历。近子便形式上地出示并介绍了茶具。小姐们都不怎么了解茶具的历史，都认真地聆听。

这里的水罐、小茶勺、柄勺都曾是菊治父亲的东西，但近子和菊治都没说。

菊治看着小姐们起身告辞离开。刚坐下来，太田夫人就挨近了他说："刚才太失礼了，你生气了吧。不过我一见你，就觉得亲切。"

"噢。"

"你生得仪表堂堂的。"夫人的眼中仿佛含着泪水，"噢，对了，令堂……本来想去参加葬礼，可终究没去。"

菊治有些不悦。

"令尊令堂相继去世……很寂寞吧。"

"哦。"

"不回家吗？"

"嗯，还要等一会儿。"

"我想找机会再跟你聊聊……"

近子的声音却在隔壁响起："菊治少爷！"

太田夫人站起身，有些恋恋不舍。她的女儿已经在庭院里等她了。

夫人和小姐向菊治施礼后离去了，小姐的那双眼睛似乎在倾诉着什么。

近子跟两三个弟子和女佣在邻近的房间收拾茶具。

"太田夫人跟你说什么？"

"没说什么……没什么。"

"你要对她提防着点儿。她就喜欢装出一副温顺无辜的模样，心里想的什么却难以捉摸。"

"可她不是也经常来参加你的茶会吗?是从何时开始的?"

菊治有些挖苦地说。他走出房间,想避开这满是恶意的气氛。

近子跟了过来:"怎样,那小姐不错吧。"

"是不错。如果没有在你、太田夫人及家父幽魂徘徊的地方见她,就更好。"

"你这么介意吗?太田夫人跟那小姐可没什么关系。"

"我就觉得对那小姐有些过意不去。"

"有什么过意不去的。如果你介意太田夫人在场,我觉得很抱歉。不过今天不是我请她来的。稻村小姐的事,就再安排吧。"

"今天,就这样吧,告辞。"

菊治停下来。如果他继续边走边说,近子就不会离开。

只剩下菊治了。他看着布满山脚的杜鹃花蕾,深深地吸了口气。

菊治觉得有些自我厌恶,是近子的那封信把他引诱过来的。但那位拿千只鹤包的小姐,确实给他留下了鲜明的印象。至于茶席上父亲的两个女人,自己之所以不觉得非常厌烦,也许是这位小姐的缘故吧。

但一想到母亲已经去世,而这两个女人还活着,并且还谈论父亲,就让菊治怒火中烧。近子胸脯上的那块丑陋黑痣也浮现在了眼前。

晚风透过嫩叶徐徐地吹来。菊治摘下了帽子,慢慢地向前走。

远远地,他看到太田夫人就站在山门之后。他想避开,环视之下发现走左右两边的小山路似乎可以不经过那山门。然而,他紧绷了脸,依旧朝山门走去。

看到菊治走来，太田夫人红着脸迎上来。

"我想见你，就在这儿等着了。也许你会觉得我厚脸皮，可我不想就如此分别……这样分别了，不知什么时候才能再见。"

"小姐呢？"

"文子她先回去了，跟她朋友一起走的。"

"这就是说，小姐知道她母亲在等我。"菊治说。

"是的。"夫人看着菊治。

"小姐看来讨厌我，是吗？刚刚茶席上，她都不想见我。真遗憾。"

菊治说得像很露骨，又像很婉转。夫人却直率地说："她见到你，准是心里难过了。"

"也许是家父让她感到痛苦了吧。"

菊治本想说，这就如同太田夫人的事也让他感到痛苦。

"不。令尊很喜欢文子，以后有机会我再慢慢告诉你。最初，令尊无论对文子怎么好，她都不亲近他。可战争快结束时，空袭越来越猛烈，她似乎醒悟了，态度整个发生了转变。她想要对令尊尽自己的心。可一个女孩能做什么，不过就是买只鸡，做个菜什么的。但那时她真的很拼命，甚至冒着巨大的危险。空袭时，她还老远地把米运了回来……她的转变，让令尊震惊。看到她的变化，我是又心疼又难过，仿佛被谴责了似的。"

菊治想起来，母亲和自己都受过太田小姐的恩惠。那时，父亲会偶尔带些土特产回来，原来都是太田小姐带回来的。

"我不清楚她为什么有这么大的转变，或许是她觉得说不定什么时候就死了，所以很同情我吧。她真的是不顾一切，拼命也要对令尊尽心！"

在战败的日子里，小姐清楚地看到母亲是如何拼命地纠缠于同菊治父亲的爱。现实的残酷，让她顾不得去思念已故的父亲，只能照顾母亲的现实了。

"刚才你看到文子手上的戒指了吗？"

"没有。"

"那就是令尊送给她的。令尊来我这里，只要听到警报，就要立刻回家。而文子担心路上令尊一个人会出什么事，无论如何也要送他回去。有一次，她送令尊回去，却一直没回来。如果她是在你家里歇息也好，我就担心他俩会不会在路上都死了。她是第二天早上才回的家，说是把令尊送到大门口后，折回来的路上在防空壕里待了一晚。令尊再来时，为了感谢她，就送了她那枚戒指。这孩子大约是不好意思让你看到那戒指吧。"

菊治听得厌烦，太田夫人居然会认为这样的事能博得他的同情。但菊治还没有发展到会明显憎恨或提防太田夫人的地步。太田夫人好像有一种本事，能让人感到温馨，然后不由自主地放松戒备。小姐之所以会奋不顾身地侍奉父亲，应该是不忍目睹母亲的凄凉吧。

夫人说的这些小姐的往事，或许实际上是在倾诉自己的情爱。她想一吐衷肠，可没有分清这谈话的对象，究竟是菊治的父亲，还是菊治。她跟菊治谈话的方式，跟和菊治的父亲谈话的方式一样，都格外亲昵。

原来菊治和母亲对太田夫人是抱有敌意的，现在虽说没有完全消失，但那劲头已经减去大半了。不注意间，他下意识地觉得自己就是她所爱的父亲，他产生了一种错觉，觉得自己与这女人早就非常亲密了。

菊治知道，父亲跟近子的关系没维持很久，但却跟这个女人一直维持到死。菊治想，近子肯定会欺负太田夫人。菊治心中突然萌生出了残忍的念头，诱使他想要轻松地捉弄她。

"你经常参加栗本的茶会？她不是总欺负你吗？"菊治问。

"是的。可令尊去世后，她曾给我来过一封信。我也因为思念令尊而寂寞，所以……"夫人说着，垂下头来。

"令爱也都一起去的吗？"

"文子陪我来，大约都是很勉强的。"

他们跨过铁轨，走过北镰仓车站，朝着与圆觉寺相反的山那边走去。

四

太田夫人至少有四十五岁了，比菊治大将近二十岁。但她却让菊治忘记了她的年龄，让菊治感觉抱着的是一个比自己还年轻的女子。

菊治享受着成熟女人带来的愉悦。他并不为此胆怯，觉得自己是个经验肤浅的单身男子。这仿佛成了他的第一次，让他似乎突然懂得了什么才是男人。他很惊讶于自己的觉醒。毕竟在此之前，他不知道女人竟然可以是如此温柔地被动，又如此温顺地引诱，那温馨的感觉简直令人陶醉。

很多时候，独身的菊治在事后都会觉得厌恶，但在这最该厌恶的时刻，他却觉得甜美而安详。每当这种时刻，菊治都会想冷漠地离开，但这次他却听凭她温柔地依偎，自己则如痴如醉。这应该是他经验中的第一次。

他不知道女人的情感会如浪潮般尾随而来，他在这浪潮中休息，仿佛一个征服者小憩时，让奴隶为他轻柔地洗脚，一切都那么心满意足。

另外，他还感受到了一种母爱。

菊治缩着脖子说："栗本这里有块大黑痣，你知道吗？"

这脱口而出的话，让菊治觉得不怎么得体，知道这是思绪松懈了，可他也不觉得这会对近子有什么不利。

"就长在乳房上，看，在这里，是这样的……"菊治边说边伸出手去。

菊治之所以这样说，或许是体内有什么东西抬头了。或许是要忤逆自己，又像是要伤害对方的难为情。或许，这仅仅是为了掩盖自己想看一看那个地方的甜蜜的羞涩。

"不要这样，太吓人了。"夫人说着，悄悄地合上了衣领，有些难以理解地说，"我还是头一次听说这个。不过在衣服的下面，应该看不见的吧。"

"怎么可能看不见。"

"啊，为什么？"

"瞧，这样不就能看见了。"

"呀，讨厌，是以为我也长了黑痣才看的吧？"

"那倒不是。但如果你有黑痣，你现在会怎么想？"

"在这儿吗？"夫人看了看自己的胸脯，毫无反应地说，"为什么要说这些？跟你有什么关系吗？"

对菊治的挑逗，夫人似乎完全没有反应。可菊治更来劲儿了。

"怎么会没关系？我八九岁时见过那块痣，可到现在还印象深刻呢。"

"为什么？"

"就说你吧，你也是那块痣的受害者啊。你还记得栗本经常打着家母和我的旗号去狠狠地骂你吗？"

夫人点了点头，悄悄地缩了缩身体。菊治却使劲地搂住她："我想，即便是那个时候，她还会不断地意识到她胸脯上的那块黑痣，所以才会下如此狠的手。"

"算了，别吓我了。"

"也许，是想报复一下家父吧。"

"报复什么？"

"因为那痣的关系，她很自卑。认为是因为那痣，自己才被抛弃的。"

"别谈痣的事了，我觉得不舒服。"

夫人似乎不想再谈这个话题。

"现在的栗本倒不用介意痣的事了，日子过得很顺心。"

"苦恼都过去了。"

"过去了，就不会留下痕迹吗？"

"过去了，有时还会怀念的。"夫人说。那声音，仿佛陷入了梦境。

菊治唯一不想谈的事，也被说了出来。

"刚刚茶席上坐你边上的那位小姐……"

"噢，是雪子，是稻村先生的千金。"

"栗本这次邀请我，是想让我看看她。"

"是吗？"

夫人突然睁开了那双大眼睛，目不转睛地盯着菊治。

"原来是安排的相亲呀？我怎么一点都没察觉。"

"不是相亲。"

"原来如此，你是相亲后要回家的呀。"

夫人突然潸然泪下，泪珠串串滴落，连肩膀都在颤抖。

"不应该，太不应该了！你怎么不早跟我说这些？"

夫人埋在枕头上哭起来，让菊治疑惑了。

"管它做什么。不管是不是相亲回来，没什么应该不应该的。那件事和这件事没什么关系吧。"菊治不仅嘴上这么说，心里也是这么想的。

不过稻村小姐点茶的身姿却浮现在了他的脑海，仿佛又看到了那千只鹤的粉色小包。

相反地，哭泣的夫人显得丑恶了起来。

"啊，太不好意思了，真是罪过呀。我就是个不好的女人。"

夫人说着，圆润的肩膀又开始颤抖。

然而对菊治而言，如果要后悔的话，那一定是因为觉得丑恶。就算相亲另作别论，但她到底还是父亲的女人。不过到现在为止，菊治既没有后悔，也不感到丑恶。

菊治也不明白自己为什么会和夫人走到这一步，事态的发展就是这样自然。也许夫人刚才所说的，是后悔自己诱惑了菊治。但菊治认为，夫人恐怕没有打算引诱他，菊治也不觉得自己受到了引诱。从他的情绪而言，他对此也毫无抵触，夫人也没有任何的忤逆。这里，没有什么道德的阴影。

他俩走进了圆觉寺对面山丘上的那家旅馆，一起用了晚餐。关于菊治父亲的情况还没有讲完，夫人就只顾着眷恋地倾诉。菊治并非是非听不可，况且规规矩矩地听这些往事很是滑稽。可他就那么边听边感受她安详的心情，仿佛被笼罩在温柔的情爱之中。

菊治恍然感受到了父亲当年享受的幸福。或者这就是不应该吧。他错失了挣脱夫人的机会，沉溺在了甜美的情意之中。

然而，或许是内心的阴影，菊治如吐毒一般，将近子和稻村小姐的事说了出来。结果超出了他的预想。如果后悔会显得丑恶，菊治对自己想说这些事的残酷心理，蓦然地感到自我厌恶。

"忘了吧，这事算不了什么。"夫人说，"这事算不了什么。"

"你不过是想起了家父吧。"

"呀！"

夫人吃惊地抬起头。刚才在枕头上哭泣，她把眼皮都哭红了，使眼白显得有些模糊。菊治觉得那睁开的瞳孔中，还残留着女性的倦怠。

"你要这么说，就这么说吧。我就是个可悲的女人。"

"才不是呢。"

菊治猛然拉开她的衣服。

"要是有痣，就会印象更深，更难忘记……"

菊治对自己感到震惊。

"不要这样。就这么想看吗？我都不年轻了。"

菊治却露出牙齿靠近她。夫人刚才的情感浪潮又回来了。

菊治安心地进入了梦乡。

在似梦非梦中,他听到了小鸟的鸣叫。在小鸟的鸣叫中醒来,他似乎还是头一次。仿佛晨雾洗涤了葱翠的树林,菊治的头脑也像被清洗过一般,毫无杂念。

夫人是背靠着菊治睡的,不知什么时候又翻了过来。菊治觉得有些好笑,就支着胳膊凝视她睡梦中的容颜。

五

茶会后半个月,太田小姐造访。

菊治将其请进客厅后,按捺住忐忑的心情,打开茶柜,在碟子里盛放了洋点心。他不知道是小姐独自前来的,还是夫人因不好意思在门外等着。

打开客厅的门,小姐从椅子上站起来。她依旧低着头,紧抿着略微突起的下唇。

"让你久等了。"

菊治从小姐的身后走过去,打开了朝向庭院的玻璃门,隐约闻到了花瓶里白牡丹的香气,看到那小姐圆润的肩膀稍微地前倾着。

"请坐!"

菊治先坐了下来,镇定自若。他仿佛在小姐的身上,看到了她母亲的影子。

"突然造访,失礼了。"小姐低着头说。

"不用客气。你很熟悉这里呀。"

"啊。"

菊治想起那天在圆觉寺，夫人曾提到空袭时小姐送父亲回家的事。他本想说这件事的，但还是止住了。

他看着小姐，太田夫人那时的温馨竟如一股热泉涌进他心里。他想起夫人对一切温顺宽容的样子，这让他感到前所未有的无忧无虑。

大概是这样的心理起了作用，他对小姐放下了戒心，却无法正视她。

"我……"小姐抬起头，"我是为家母的事，来向您求情的。"

菊治屏住了呼吸。

"希望您能原谅家母。"

"噢？原谅什么？"

菊治察觉到，夫人大概把自己的事告诉了小姐。

"如果说要请求原谅的话，应该是我吧。"

"令尊的事，也请您能原谅。"

"好吧。如果要说请求原谅的，不应该是家父吗？再说，家母已经去世了，又该由谁来原谅呢？"

"令尊早早过世，我想可能跟家母有关。还有令堂也……这些想法，我对家母也说过。"

"我想是你过虑了。令堂真可怜。"

"如果是家母先死就好了！"

小姐一副羞愧得无地自容的表情。

菊治发现小姐是在说自己与她母亲的事。这件事，一定让这小姐感受到了耻辱和伤害。

"希望您能原谅家母。"小姐再次拼命地请求。

"没有什么原谅不原谅。我很感谢令堂的。"菊治说得很明确。

"这都是家母的错。她这个人很糟糕,希望您不要理睬她,再也不要理睬她了。"

小姐说得很快,连声音都颤抖了。

"求求您!"

菊治明白小姐的意思,那原谅,自然包括了不要理睬她母亲。

"请您也不要再来电话了……"

小姐红着脸,反而抬起头看着菊治,仿佛是要战胜那羞耻。她含着泪,黑溜溜的大眼睛里,毫无恶意,只有拼命地哀求。

"我都明白了,真是过意不去。"菊治说。

"拜托您了!"

小姐越发地羞涩,连白皙的脖颈都红了。也许是为了突出这细长的脖颈,洋服的领子上有白色的装饰。

"您打电话约家母,她没有去,是我阻拦的缘故。她是无论如何都要去的,是我抱着她不放。"

说出这话,小姐似乎松了口气,连声调都缓和了。

菊治是在那次后的第三天给太田夫人打的电话。电话里夫人的声音很高兴,但却没有如约到茶馆。

菊治就只打过那一次电话,后来就再没见过夫人。

"后来,我也觉得母亲可怜,但当时我只顾着无情地阻止她。家母让我替她回绝您,可我走到电话机前就是说不出话来。家母直勾勾地看着电话机,一个劲儿地落泪,仿佛三谷先生就在电话机那里。家母就是这样一个人。"

两人都沉默了。

过了一会儿，菊治说："那次茶会后，既然你知道令堂在等我，为什么要自己先回去？"

"我是希望三谷先生能了解一下家母，她并不是那么坏的人。"

"她是太不坏了。"

小姐垂下了眼睑，漂亮的小鼻子下，略微突出的嘴唇和典雅的圆脸像极了她的母亲。

"我早知道你，我也曾想过要跟你谈谈家父的事。"

小姐点了点头："我也这样想过。"

菊治心想：如果没有跟太田夫人发生过什么，就能无拘无束地跟这小姐谈谈父亲的事，那该多好。

不过，菊治早就原谅了太田夫人，也原谅了她与父亲的事，因为他与太田夫人也不是什么关系都没有。这很奇怪吗？

小姐大约是觉得待久了，起身告辞。菊治将她送了回去。

"有机会再跟你聊聊家父的事吧，还想谈谈令堂的人品如何美好。"

菊治随便地说了一句，不过对方似乎也有同感。

"是啊。不过，您应该很快就会结婚了吧。"

"我吗？"

"是的。家母是这么说来着，她说您已经跟稻村雪子小姐相过亲了……"

"没那回事儿。"

出大门便是下坡道，坡道的中段有处小拐弯。由此回望，只能看到菊治家院里的树梢。

此时,菊治的脑海里,因小姐的话而想起了千只鹤小姐。文子却也在此时停下来跟菊治道别。

菊治转过身,沿着坡道向家走去。

森林的夕阳

一

菊治还在公司时,接到了近子的电话。

"今天你是直接回去吗?"

这是理所当然的,所以菊治不高兴地说:"是啊!"

"过去令尊每年都会在今天举办茶会,请你今天一定要直接回家,算是为了令尊着想。一想起这事,我就无法安坐。"

菊治沉默了。

"我在打扫茶室,喂喂,我打扫的时候突然想起可以做几道菜。"

"你在哪儿?"

"在府上,我已经到了。对不起,没有事先跟你打招呼。"

菊治大吃一惊。

"一想起这事,我就坐立不安。我想至少把茶室打扫一下,也会心安一些。原本应该先给你打个电话的,可我想你肯定不同意。"

自从菊治的父亲死后,茶室就再没用过。菊治母亲生前还偶尔进去坐坐,但她不在里面生火,而是自己提一壶开水进去。对于母亲的举动,菊治很是担心。那里太过清冷,母亲不知会想些什么。菊治曾想偷窥独自在茶室的母亲,却没有办到。

不过,父亲生前负责张罗茶室的是近子,母亲很少进去。母亲去世后,茶室就一直关着。即便父亲在世时,那里也少有用到,通常一年由老女佣打开几次,通通风罢了。

"什么时候开始就没有打扫了?这榻榻米上一股霉味儿,再怎么擦都没办法。"

近子的话越来越放肆了。

"我一打扫就想做菜。但毕竟是心血来潮,材料不齐全,不过也准备了一些,希望你能直接回来。"

"啊?!真是拿你没办法。"

"菊治一个人的话,太冷清了。不如再约三四个公司的朋友一起来,如何?"

"不行啊,没有懂茶道的。"

"没关系啊,不懂更好,我准备得太简单了。你就尽管放心地请他们来吧。"

"不行。"

菊治终于把这话说了出来。

"是吗?太失望了。怎么好呢,还可以请谁,令尊的茶友……有些麻烦。这样的话,算了,我把稻村小姐请来如何?"

"你开玩笑的吧,算了。"

"为什么?这不是挺好的吗?那件事,对方也有意思。你今天不妨好好再观察观察,跟她好好聊聊。今天我就约她一下,她如果同意,就表明没问题了。"

"不要!这事就此打住。"菊治苦恼地说,"算了。我也不回来了。"

"啊?瞧你说的。这种事,电话里怎么说得清楚。以后我们再说。总之,事情原委就是这样的,你就早点回来吧。"

"什么?什么原委?我都不知道。"

"行了,算我瞎操心好了。"

近子嘴上说行了,但那强加于人的气势不减。这让菊治不由得又想起了她那块占据了半个乳房的黑痣。于是菊治仿佛听到了近子打扫的声音,如同被扫帚清扫自己的脑海,又如被擦拭榻榻米的抹布擦拭自己的脑部。

一种厌恶感涌上心头。近子竟然趁着他不在家中,不仅进了门,还做了菜。如果是为了供奉父亲,打扫一下茶室,插几枝鲜花就回去,还情有可原。

然而,就在他怒火中烧、一心厌恶之时,稻村小姐的身影却如一道亮光闪现。自从父亲去世后，菊治跟近子就疏远了。难道她现在企图将稻村小姐作为诱饵，来重新拉近与菊治的关系，跟他一再纠缠吗？

菊治恼火地想到近子的那通电话，那语调是如此滑稽，既让人苦笑，又使人缺乏警惕，还有咄咄逼人的命令感。她之所以可以如此咄咄逼人，或许是出自菊治自己的弱点。他思忖，既然惧怕弱点，就不能对近子那通随意的电话恼火。

近子真的是因为抓住了菊治的弱点，才步步紧逼的吗？

一下班，菊治就去了银座的一家小酒吧。虽然他最终不得不按近子说的回家，可自己的弱点让他愈发地郁闷。

圆觉寺茶会后，菊治与太田夫人在北镰仓的旅馆里过了一晚的事，近子应该不知道，但菊治并不知道在那之后她是否有见过太田夫人。

菊治有些怀疑，电话里近子那种咄咄逼人的语气，似乎不全是因为她的厚脸皮。不过，也许只是近子想按照她的意图去撮合菊治和稻村小姐。

在酒吧里终究还是无法安心，菊治不得不坐上了回家的电车。

经过乐町驶向东京的路上，菊治透过窗户俯视由成排的高大的道旁树簇拥的大街。那条大街正好是跟电车的走向垂直的东西方向，反射着夕阳的光芒，如金属板一般闪耀。行道树舒展着宽阔而茂盛的枝叶，逆光看去，墨绿更为深沉，显出树荫的阴凉。大街的两旁，耸立着一幢幢坚固的洋房。从电车上，可以穿过大街一直看到皇宫护城河那边。

大街之上，人少得可怜，寂静异常。这条车道也寂静着。从拥挤的电车里向外俯瞰，仿佛只有这条街存在于黄昏的奇妙时光中，恍若身处异国。

菊治仿佛看见稻村小姐抱着千只鹤的小包，走在那林荫路上。那千只鹤包，格外醒目。

一瞬间，菊治的心情无比地舒畅起来。可是想到这时小姐或许已到了自己家中，心里就忐忑不安。

话说，近子让菊治邀请朋友，菊治不肯，她就要把稻村小姐请来，这是做的什么打算？她是不是一开始就打算请小姐来呢？菊治想不明白。

一进家门，近子就急匆匆地迎到了门口问："只有你一个人吗？"

菊治点了点头。

"太好了，她来了。"

近子走过来，做出要接菊治帽子和包的样子。

"你是不是拐到别的地方去了。"

菊治怀疑自己的身上还有酒气。

"你去哪儿了？我后来又打电话到公司，说你都走了。我还算好了你回家的时间。"

"你太让我惊讶了。"

近子不仅不打招呼就擅自进家门，还任意妄为，现在又跟着菊治进了起居室，打算把女佣备好的和服给他换上。

"不用麻烦，对不起，我自己换衣服去了。"

菊治脱下上衣，像甩开近子似的走进了换衣间。换好衣服出来时，近子依旧坐在那里。

"单身汉，真佩服你。"

"噢。"

"你现在生活这么不方便，还是结束算了。"

"我见过父亲吃的苦，要以此为鉴。"

近子穿的那件借来的女佣烹饪服，其实是菊治母亲的。她把袖子卷上去，露出异常白皙的胖手。菊治意外地发现，她胳膊肘的内侧有一处突起的扭曲青筋，仿佛是块又硬又厚的肉。

"请小姐到茶室好吗？她在客厅坐着的。"

近子故作庄重地说。

"哦，茶室里装了电灯？我还从没见过。"

"也可以点蜡烛，或许更有情趣。"

"我不喜欢。"

近子突然说："对了，刚才给稻村小姐打电话的时候，她问我是不是跟家母一起来。我说如果能一起最好。可她母亲有事，最终还是小姐一个人来的。"

"是你擅作主张的吧。突然地邀请人家，人家说不定会怪你失礼。"

"我知道，不过既然小姐到了，我的失礼就不存在了。不是吗？"

"为什么？"

"就是这样的呀。小姐既然能来，就是对上次的见面有意思。就算过程古怪一点也不打紧，等事情办成后，你们尽管笑话我是个做事古怪的人好了。根据我的经验，能办成的事，不管怎样都能办成。"

近子看透了菊治似的，语气带着不屑。

"你都跟她说过了？"

"是的。"

近子看着菊治，似乎在让他表明态度。

菊治站起来，走向客厅。经过大石榴树时，他努力调整自己的神色，以免让稻村小姐看出自己的不快来。

望着阴暗的石榴树影，近子的那块黑痣又在脑海中浮现了出来。他摇了摇头，看到了客厅前面的庭石上残留的余晖。

客厅门敞开着，小姐就坐在门口附近。她身上的光彩，仿佛朦胧地照到了宽敞的客厅最昏暗的深处。

客厅壁龛上的水盆里插着菖蒲。小姐的腰带也绣着菖兰的花样。这应该是偶然，但它洋溢着的季节感，让这表现得或许不是偶然。

壁龛上插的花是菖蒲，不是菖兰，因此叶子和花都插得比较高。一看就知道是近子刚插上去的。

二

第二天周日，下雨。

菊治在午后独自走进了茶室，收拾昨天用过的茶具。

也为眷恋稻村小姐的余香。

菊治叫女佣去拿伞。他刚才站在庭院的踏脚石上，发现屋檐下的架水槽有些破了，雨水径直落在了石榴树前。

"要修一下那儿。"

菊治对女佣说。

"是啊。"

菊治记起，自己早先就想过这事，每次雨夜他都会在床上听到那滴水的声音。

"但一开始维修，就这里那里都要修，结果就没完没了。还不如趁现在不是很厉害的时候，干脆把它卖了。"

"最近常听拥有大宅院的人这么说。昨天小姐很惊讶这里的宽大。看样子，那小姐是要住进来的吧。"

女佣其实是想说：不要卖宅子。

"栗本师傅是不是说了类似的话？"

"是的，小姐一来，师傅就带她到各处参观了。"

"哦？！这种人真是少见。"

昨天小姐没有跟菊治谈到这件事，菊治以为小姐是直接从客厅走到了茶室，所以今天他也想从客厅走到茶室。

昨夜菊治整夜未眠。他觉得茶室里仿佛还飘荡着小姐的芬芳，半夜就想起来去茶室。

"她就像是另一个世界的人！"

为了使自己睡着，他把稻村小姐想成了来自另一个世界的人。但他没想到，小姐愿意在近子的引领下观看这宅院的各处。

他吩咐女佣送些炭火到茶室，然后就顺着踏脚石而行。

昨晚近子要回北镰仓，就跟稻村小姐一起出了门。茶会后的收拾，自然就交给了女佣。菊治只需检查摆放在一角的茶具是不是摆对了就好，可他却不知道原本是怎么放的。

"这个栗本比我清楚。"

菊治喃喃自语，然后观赏起悬挂在壁龛上的歌仙画来。这是法桥宗达的一幅小品，只在很轻的墨线上抹了些淡彩。

"画的是谁？"

昨天稻村小姐问的时候，菊治答不上来。

"这个，是谁呢。上面没有题词，我也不清楚。这一类画，通常都是画的歌者，都差不多的样子。"

"可能是宗于吧。"近子插嘴说，"和歌上说，常磐松青翠，春来色更艳。季节虽然晚了些，但令尊很喜欢，常在春天把它挂出来。"

"很难说，究竟画的是宗于还是贯之，仅凭画面是无法断定的。"

菊治接道。

今天再看这一落落大方的面容，确实无法辨别是谁。不过这几笔勾勒出的小画，却让人感到形象的高大。

菊治就这样静静地欣赏了一会儿，仿佛有清香散发。无论是这歌仙画，还是昨天客厅里的菖蒲，菊治都可以联想到稻村小姐。

"对不起，送来晚了。我刚刚在烧水，想让水多烧开一会儿。"

女佣送来了炭火和烧水壶。菊治只想要生火，驱驱这茶室的潮湿，但机灵的女佣连开水也准备好了。

菊治漫不经心地添炭，并坐上烧水壶。他想起孩提时就开始跟随父亲学习茶道的规矩，但始终没有点茶的兴趣。父亲也没有诱导他去学习。

现在水开了，菊治却只是把烧水壶盖错开，呆呆地坐着。

茶室里依然散发着霉味，榻榻米也有些潮。古雅的墙壁，昨天反衬出了稻村小姐的身姿,今天却变得暗淡了。这里仿佛一个住着洋房的人,却穿着和服一样。

"栗本突然邀请你来,可能让你为难了。这本来就是她自作主张。"

昨天菊治是这样对小姐说的。

"师傅告诉我,今天是历年令尊举办茶会的日子。"

"据说是这样的。但这种事我都不记得了,也没有想过。"

"这样的日子把我这个外行人叫来,师傅就是在挖苦我。因为我最近很少去学习。"

"其实,栗本也是今天早上才突然想起来的,所以就匆匆忙忙地过来打扫茶室。你看,现在这里还有股霉味儿。"菊治又有些含混地说,"不过同样的相识,如果不是栗本介绍的就好了。我觉得很过意不去。"

小姐蹊跷地看了看菊治。

"为什么呢?如果不是师傅,就没人介绍我们认识了。"

这个简单的抗议,说的却是事实。如果没有近子,他们两人或许就不会在这个世间相见。菊治仿佛被迎面而来的鞭子抽了一下。

菊治觉得,听小姐的语气,似乎她同意与他相亲的事。小姐那蹊跷的目光,如鞭子般抽打在他身上。

菊治直呼近子为栗本,会不会让小姐有什么感觉?虽然时间短,但近子毕竟曾是父亲的女人。这一点,不知小姐是否已经知道了。

"在我记忆里,栗本给我留下了讨厌的印象。"

菊治的声音有些颤抖。

"我不愿意让她接触我的命运。我无法相信,稻村小姐是她介绍的。"

刚说到这里,近子就把食盘端了进来。他俩的这个话题被中断了。

"我也来陪你们坐坐。"

近子跪坐下来,背有些弯曲,仿佛是因劳累而需要喘息。她就势察看小姐的脸色。

"只有一位客人,有些冷清。不过令尊应该会高兴的。"

小姐老实地垂下眼帘:"我,其实还没资格进令尊的茶室。"

近子却只当没有听见,自顾着说自己想到的内容,比如菊治的父亲生前是如何使用这间茶室的……

近子看样子是断定这门亲事成了。

临走时,近子在门口说:"什么时候菊治少爷也回访一下稻村府上……下次就可以商量一下日子的事了。"

小姐点了点头,却又想说点什么,终究没有说出口,而是突然露出羞涩来。

这始料未及的一幕,让菊治震惊,他仿佛瞬间感受到了小姐的体温。

然而,菊治总是不由得感到这件事是被笼罩在阴暗而丑恶的帷幕里,且这帷幕未能打开。不仅给菊治介绍稻村小姐的近子不纯洁,菊治自身也不干净。

菊治胡思乱想着父亲如何咬着近子的那块痣……自己莫名地跟父亲联系到了一起。

小姐并不介意近子的存在，菊治却对此耿耿于怀。菊治懦弱、优柔寡断，虽然不完全出自于此，但也是原因之一。他故意装出厌恶近子的样子，让人觉得是近子强迫他与稻村小姐相亲。不过，近子就是这样一个可以方便让人利用的人。

菊治觉得自己的伪装仿佛被小姐看穿了，如遭棒喝。他这时才发现自己的用心，不由得愕然。

吃完饭后，近子起身去泡茶。菊治又说："如果栗本就是操纵我们的命运，那么对这种命运的看法，我俩相距很远。"

他的话，有些辩解的意味。

自从父亲死后，菊治就不喜欢母亲独自待在茶室。现在菊治仍然觉得，无论双亲还是自己，独自待在茶室，就会胡思乱想。

雨点敲打着树叶，接着又传来了越来越近的雨点敲打雨伞的声音。

女佣在门外说："太田女士来了。"

"太田女士？是小姐吗？"

"不，是夫人。她看起来很憔悴，好像生病了……"

菊治顿时站起来，却又呆立不动。

"把夫人请到哪儿？"

"就请到这里吧。"

"是。"

太田夫人没有打伞，可能是把伞放在了大门。他觉得她脸上被打湿了，细看才知是泪珠，不断地从眼眶中涌出。

菊治太粗心了，竟然以为是雨水。

"啊！你怎么了？"

菊治呼喊着迎了上去。夫人在外廊上一落座，就无力地双手拄地，眼看就要瘫倒在菊治的身上。

门槛附近的走廊全是雨水，夫人依旧泪眼婆娑，让菊治再次以为那是雨滴。

夫人的眼睛死死盯着菊治，仿佛只有这样才有不倒下去的勇气。菊治也感到，一旦避开她的视线，就会发生某种危险。

夫人深陷的眼窝有了细小的皱纹，眼圈发黑，形成了病态的双眼皮。那双满含热泪的眼睛，露出凄苦的神色，仿佛要倾诉些什么，包含着无可名状的柔情。

"对不起，实在是想见你，我真的忍不住了。"夫人的话依旧和蔼可亲，她依旧含情脉脉。那副憔悴不堪的容颜，如果没有这份柔情，菊治根本没法直视。

夫人的痛苦，让菊治心如刀绞。他知道这是他的缘故，但却产生了一种错觉，在夫人的柔情下，自己的痛苦也被缓和了。

"会被淋湿的，快上来。"

菊治突然粗鲁地从背后使劲儿搂住她胸部，将她拖了上来。

夫人试图自己坐稳，说："放开我吧。是不是很轻？请放开我。"

"是！"

"很轻，是近来瘦的。"

菊治有些震惊于自己刚才的行为。

"小姐会担心的，不是吗？"

"文子？"

听到夫人突然叫出来，菊治以为文子也来了。

"小姐也来了吗？"

"我是瞒着她……"夫人哽咽起来,"这孩子总是盯着我。就算半夜,只要我有动静,她就会立即醒来。因为我,这孩子也变得古怪了。有时她还会问:妈妈为什么只生了我一个呢?哪怕是生个三谷先生的孩子,也好啊。"

夫人说着,将姿势坐正。

可能那话是文子不忍心看到母亲忧伤而发出的悲鸣。尽管如此,文子说的"哪怕是生个三谷先生的孩子,也好啊"的话,刺痛了菊治。

"今天我是趁她不在家溜出来的,说不定她会追到这里来……今天下雨,她可能认为我不会外出。"

"怎么,下雨天……"

"是的,她可能觉得我体质弱,下雨天应该走不动。"

菊治点了点头。

"前些日子,文子来过吧。"

"来过。小姐说:请原谅家母吧。她这话让我无法回答。"

"这孩子的心思,我全都明白。可我为什么又来了呢?真是太可怕了。"

"不过,我很感谢你的。"

"谢谢。就那一次,我就该知足了。可是……我后来觉得内疚了,对不起。"

"可是,你不应该有什么顾虑。如果有的话,也应该是家父的亡魂。"

夫人的脸色却不为菊治的话所动,菊治仿佛什么都没有抓住。

"让我们把这些都忘了吧!"夫人说,"不知为何,我对栗本师傅的电话无比恼火，真是不好意思。"

"栗本给你打了电话？"

"是的。就在今天早上。她说你跟稻村小姐的事定下来了……这事她为什么要通知我呢？"

太田夫人再次泪水盈眶，却又意外地露出了笑容。那不是破涕为笑，而是天真的笑。

"还没定下来呢。"菊治否认，"你是不是让栗本察觉我们的事了？那次之后，你跟她见过吗？"

"没有。不过她很可怕，她一定是知道了。今天早晨的电话，肯定让她觉得奇怪。我就是个没用的人，当时差点晕倒，好像还喊了什么。尽管是在电话里，但她肯定听出了什么。她说：'夫人，请你不要来干扰。'"

菊治紧皱着眉头，说不出话来。

"说我干扰……关于你和雪子小姐的事，我知道是自己不好。但从早上开始，我就觉得栗本师傅太可怕了，简直让人毛骨悚然，家里实在待不下去了。"

夫人如中邪了似的，肩膀颤抖，嘴唇向一边呙斜，仿佛被吊了上去一般，显出一副老态的丑陋。

菊治起身过去，伸出手想要按住夫人的肩膀，夫人却一把抓住他的手："我害怕，很害怕！"

夫人环视四周，才突然怯生生地，有气无力地说："这间茶室？"

菊治不明白她的意思，便含混地答道："是的。"

"这是间好茶室。"

不知夫人是想起了经常受邀而来的已故丈夫，还是想起了菊治的父亲。

"是初次来吗?"菊治问。

"是的。"

"你在看什么呢?"

"不,没什么。"

"这是宗达的歌仙图。"

夫人点了点头,垂下头来。

"你以前从来没到过我家?"

"嗯,一次也没有。"

"是吗?"

"不,来过一次的。是令尊的遗体告别仪式……"

说到这里,夫人的声音渐至隐没。

"水开了,喝点茶吧?去去乏,我也想喝一点。"

"好的,可以吗?"

夫人刚想站起来,却是一个趔趄。

菊治从一角的箱子上,取出来茶具。他意识到这些茶具是稻村小姐昨天用的,但还是取了出来。

夫人想揭下烧水壶的盖子,手却不停地哆嗦,壶盖磕在壶上,发出微小的响声。

她手持着茶勺,向前倾斜着身体,泪水就掉落在壶边。

"这只烧水壶,也是我让令尊买的。"

"是吗?我都不知道。"菊治说。

即便夫人说这是她已故丈夫的烧水壶,菊治也不会反感。他对夫人这种直率的话语,也不觉得奇怪。

夫人点完茶后说："我端不起来,你能过来吗?"

菊治走到烧水壶边,就在那里喝茶。

突然,夫人好像晕了过去,倒在了菊治的腿上。菊治赶忙搂住夫人的肩膀,她的脊背还在微微地颤抖,呼吸却越发地微弱。

菊治如同怀抱着一个婴儿,夫人太柔弱了。

三

"太太!"

菊治使劲儿地摇晃,用双手揪住她咽喉连接胸骨的地方,就像是勒住她的脖子似的。他这时才察觉到,她的胸骨比上次见到时更加突出。

"你能分辨得出家父和我吗?"

"你太残酷了!不要嘛。"

夫人闭着眼睛妖媚地说,似乎不愿从另一个世界回到现实。

菊治的这个问题,与其是在问夫人,不如是在问他内心的不安。菊治又一次被乖乖地引诱到了另一个世界,那里没有菊治父亲和菊治的区别,那种不安甚至是后来才萌生的。

夫人仿佛不是这世间的女子,而是人类之前或最后的女子。她一旦走进了那个世界,或许连亡夫、菊治父亲和菊治都不用分辨了。

"你一旦想起父亲,就会把我和父亲看成是一个人,是吗?"

"啊!请原谅我!太可怕了。我就是个罪孽深重的女人!"

夫人的眼泪成串地掉落下来。

"啊！我想死！我真的想死！如果现在就死了，那该有多幸福啊！刚才菊治少爷不是要掐我脖子吗？为什么不掐了？"

"别说笑了。不过，你这么说，我倒想试试。"

"是吗？那太感谢了。"

夫人把纤长的脖颈伸得更长了。

"现在这么瘦，很好掐的。"

"恐怕你不会忍心留下小姐自己去死吧。"

"不，照这样下去，终究会累死的。文子的事，就拜托菊治少爷了。"

"你是说小姐也跟你一样吧。"

夫人放心地睁开了眼睛。菊治却为自己的话大吃一惊，不知夫人是怎样理解的。

"瞧！跳得这么乱……是活不了多久了。"

夫人握住菊治的手，按到乳房下。也许是菊治的话，让她感到震惊了。

"菊治少爷多大了？"

菊治没有接话。

"不到三十吧？太糟糕了，我就是个可悲的女人，我却不知道！"

夫人支着胳膊，弯着腿，斜坐起来。

菊治坐好了身体。

"我，不是为玷污菊治少爷和雪子小姐的婚事而来的。不过，看来已经无法挽回了。"

"我还没有决定结婚。既然你这样说，就是替我把过去洗刷

47

干净了。"

"是吗？"

"就说当媒人的栗本，作为家父的女人，她要扩散过去的孽债。而你是家父最后的女人，我却觉得家父是幸福的。"

"你还是早些跟雪子小姐成婚吧。"

"这是我的自由。"

夫人顿时一阵眩晕，她望着菊治，脸色发青，不由得扶着额头。

"我觉得头晕。"

夫人说什么也要回家，菊治便叫来了车，自己也跟着。

夫人闭着眼靠在车厢一角，她那不安的姿态，仿佛随时都有生命的危险。

菊治没有陪她进家门。下车时，夫人从菊治手里抽出了冰凉的手指，一溜烟地消失了。

当天半夜两点左右，文子来电话。

"三谷少爷，家母刚才……"她的话中断了一下，接着清晰地说，"去世了。"

"啊？令堂怎么了？"

"去世了。是心脏麻痹致死。最近她服用了很多安眠药。"

菊治沉默了。

"所以……我想麻烦三谷少爷一件事。"

"说吧。"

"如果三谷少爷有熟悉的医生，麻烦您陪他来一趟，好吗？"

"医生？是医生吗？很着急吗？"

菊治大吃一惊，还没有请医生？

他突然明白过来。夫人是自杀的,为了掩盖这件事,文子才拜托菊治。

"我知道了。"

"拜托您了。"

文子一定是在深思熟虑后才给菊治打来的电话,所以才如此郑重其事地只讲了要办的事。

菊治坐在电话机旁,闭上了双眼。

在北镰仓的旅馆,他与太田夫人共度一夜。

归途电车上看到的夕阳,突然浮现在他脑海。那是池上本门寺森林的夕阳,通红的夕阳仿佛从森林的树梢掠过,让森林在晚霞下一片漆黑。掠过树梢的夕阳,刺痛了疲惫的眼,菊治不由自主地将双眼闭上。

蓦然地,菊治看到了稻村小姐包上的千只鹤,在眼里残存的晚霞中飞舞。

志野彩陶

一

在太田夫人头七后的第二天，菊治去了太田家。

他本打算提前下班前去，免得去的时间太晚。可临行时，他心神不宁地拿不定主意，最终等到天都擦黑了也没出行。

文子到大门口迎接。

"呀！"

文子用双手扶地向菊治施礼，那双手就支撑着她颤抖的肩膀。

她抬起头看着菊治。

"谢谢您昨天送花来。"

"不客气。"

"我以为您既然送了花，人就不会来了。"

"是吗？也可以先送花，人后来嘛。"

"是，可我没想到。"

"昨天，我是在附近的花铺买的……"

文子点点头，坦率地说："虽然没写您的名字，但我一看就知道了。"

昨天，菊治站在花铺的花丛中，思念着太田夫人。那花香，突然缓和了他惧怕罪孽的心。

文子身穿着白色的棉布衣服，没有化妆，只在有些许干涸的嘴唇上淡淡地涂抹了点口红。她温柔地迎接着菊治。

"我觉得昨天来不怎么好。"菊治说。

文子斜斜地挪了挪膝盖，示意菊治上来。她之所以在门口寒暄，似乎是为了让自己不哭出来。但如果她再接着说，或许就会落泪了。

"即便只收到了您的花，我都不知多高兴了。即便是昨天，您也是可以来的。"

文子从菊治身后站起来，跟着走过来。

菊治却努力装出轻松的样子："我怕给府上的亲戚不好的印象，就没意思了。"

"我已经不再考虑这些了。"文子明确地说。

客厅里的骨灰坛前，是太田夫人的遗像。坛前供奉的，只有菊治送来的花。

菊治很是意外。只留下菊治的花,是将其他人送的都处理掉了吗?还是这是个冷冷清清的头七。

"这是水罐吧。"

文子知道菊治说的是花瓶。

"是的,我觉得正合适。"

"好像是很好的志野陶。"用这个做水罐,有些小。

插着的花是白玫瑰和浅色的石竹花,花束与筒状的水罐很相配。

"家母经常插花,所以没卖掉它,留了下来。"

菊治跪坐在骨灰坛前进香,然后双手合十,闭上眼睛。

菊治在向死者谢罪。然而对夫人的情思却流遍了身体,仿佛还能感受到它的肆意。

夫人是因为罪恶感而自杀的呢,还是被爱穷追得无法控制而寻死的呢?让夫人寻短见的,到底是爱,还是罪?这一周,菊治都在思考这个问题,却没有得到答案。

如今,在夫人的灵前闭目沉思,脑海中虽然没有出现夫人的躯体,却能感到她芳香醉人的触感,让菊治沉迷。

菊治之所以没觉得不自然,也是因为夫人。虽说那触感复苏了,但那感觉不是雕刻式的,而是音乐式的。

自从夫人去世后,菊治就夜夜难眠。他不得不在酒里加了安眠药,仍然夜夜梦多,时常惊醒。但这些梦不是噩梦,梦醒之际,有着甘美的陶醉,让菊治恍惚。

菊治奇怪地想,一个死去的人,竟然能让人在梦中感到她的拥抱。这让经验肤浅的菊治无法想象。

"我就是个罪孽深重的女人！"

夫人与菊治在北镰仓旅馆的那一夜，及到菊治家茶室的那一次，都说过这样的话。这句话却反而引起了夫人愉快的战栗和抽泣。现在菊治坐在夫人的灵前思考让她寻死的缘由，如果这是因为罪，那夫人的这句话，就又会重新回响在菊治脑海。

菊治睁开眼睛，文子就坐在其背后抽泣。她偶尔哭出声来，又强忍了回去。

这时的菊治觉得不便行动，便问："这是什么时候的照片？"

"五六年前的，是用小照片放大的。"

"是吗。是点茶的时候拍的吗？"

"啊！您很清楚的呀。"

这是一张把脸部放大的照片，衣领的合拢处、两边的肩膀，都被裁掉了。

"您是怎么知道的？"文子问。

"凭感觉。她的眼帘略略地下垂，似乎在做什么事。虽然看不到肩膀，但能感到她的肩膀在用力。"

"这张有些侧面。我还犹豫，该不该用这张。但这是母亲最喜欢的照片。"

"很文静，是张好照片。"

"不过，侧着脸不太好。别人给她敬香，她都看不见是谁。"

"噢？这也是。"

"脸不仅扭向一边，还低着。"

"是的！"

菊治突然想起夫人去世前点茶的场景。当时她拿着茶勺潸然泪下，就滴在烧水壶边。菊治走过去端起茶碗，等喝完茶，那壶边的泪水才干掉。菊治刚放下茶碗，夫人就倒在他腿上了。

"拍这张照片的时候，家母有些胖。"文子接着有些含糊地说，"还有，这张照片像我。怎么说呢，把这张照片供在这里，总让我难为情。"

菊治突然地回头看了看文子。文子赶忙垂下眼睑，她之前就一直凝望着菊治的背影。

菊治觉得不能再待在灵前，就挪动身体，改为与文子相对而坐。

但菊治难道还有道歉的话要跟文子说吗？幸亏这供花的花瓶是志野陶的，菊治就在它面前用双手轻轻支着铺席，仿佛在欣赏它。

这水罐的白釉里隐约透出红色，冷峻而温馨。菊治伸手去抚摸，感觉到了润泽的触感。

"似梦般柔和，我们也很喜欢志野陶的精品。"

他本来想说"似梦般柔和的女人"，出口时，却省略了后面的。

"您要是喜欢就送您，权当是家母的纪念物。"

"不，不。"

菊治赶紧抬起头。

"如果您喜欢，请拿走吧。家母一定会高兴的。而且这东西似乎是件好东西。"

"这当然是件好东西。"

"我也曾听家母说过，所以就把您送的花插在了上面。"

菊治情不自禁地热泪盈眶。

"那，我就收下了。"

"家母一定很高兴。"

"不过，我不会把它当水罐，而是当花瓶。"

"家母也用它插花来着，您尽管用好了。"

"就是普通的插花，不是茶道的插花。茶道用具一旦离开茶道，就很凄凉。"

"我就不想再学茶道了。"

菊治回过身看文子，顺道站了起来，将靠近壁龛的坐垫挪到了廊道一边坐下。

文子一直跪坐在菊治身后的榻榻米上，没用坐垫，始终保持着一定的距离。现在菊治挪了位置，就显得文子是坐在客厅的正中央了。

文子的手指微微弯曲地放在腿上，眼看就要发抖，她赶紧把双手握在一起。

"三谷少爷，请您原谅家母。"

说着，她深深地低下头。那一瞬间，菊治吓了一跳，以为她会倒下来。

"哪儿的话，要请求原谅的，应该是我。我就是觉得'请原谅'这句话难以启齿。我无法表达歉意，又觉得对不起文子小姐，才厚着脸皮来见你。"

"该惭愧的是我们。"文子羞愧地说，"简直羞死人了。"

她那没有化妆的脸颊到白皙的脖颈，都微微地涨红。看得出来，这段时间文子劳心劳力，人都瘦了。这浅浅的血红，反而让人觉得她贫血。

菊治难过地说："我想，令堂不知有多恨我。"

"恨您？不，家母怎么可能恨三谷少爷？"

"不，难道不是我的原因，她才死的吗？"

"家母是自己寻死的。家母去世后，我一直在想这个问题，足足想了一周。"

"那之后，都是你一个人在家吗？"

"是的。我一直跟家母这样过的。"

"是我促使令堂死的！"

"是她自己。如果三谷少爷说是您的原因，那么不如说是我的原因。如果母亲非要恨谁的话，那就只能恨我。我不想让人感到有责任，或者觉得后悔，那会使家母的死变得阴暗而不纯，这反而会成为死者沉重的负担。"

"也许是这样。但如果没有我与令堂的邂逅……"

菊治说不下去了。

"我觉得只要您能原谅死者就够了。也许，家母就是为了求得您的原谅才死的。您能原谅家母吗？"

文子站起身走了，但她的话如同在菊治脑海中卸下了一层帷幕。他想：这真能减轻死者的负担吗？因死者而忧愁，难道是诅咒死者的愚蠢错误吗？死了的人，是不会强迫活着的人接受道德的。

菊治再次看向夫人的照片。

二

文子端着茶盘进来。

茶盘里放着两只筒状的茶碗：一只是赤乐，一只是黑乐。她把黑乐放到菊治面前，里面沏的是粗茶。

菊治端起茶碗看了看碗底的印记。

"是谁的呢？"他冒失地问。

"我想是了入的吧。"

"赤色的那只也是吗？"

"是的。"

"是一对吧。"

菊治看了看那赤色的茶碗。它被放在文子膝前，没有被碰过。

这种筒状的茶碗很适合用来喝茶，可菊治却突然想到了一种讨厌的假想：文子父亲去世后，菊治父亲来这里时，这对乐茶碗是不是就代替了一般的茶杯来使用？菊治父亲用的是黑乐，文子母亲用的是赤乐。这难道不是用作了夫妻茶碗吗？如果是了入陶，倒不需要太珍惜，或许还可以用作两人旅行用的茶碗。

如果真是如此，知道内情的文子为菊治端这茶碗来，未免太恶作剧了。但菊治并不觉得这是什么有意的挖苦，或者企图，这应该是单纯少女的感伤。或者说，菊治也感染了这样的感伤。也许文子和菊治都被文子母亲的死纠缠了，而无法脱离这种异样的感伤。这对乐茶碗则加深了两人共同的悲伤。

文子对菊治父亲和文子母亲的事，母亲与菊治的事，以及母亲的死，都一清二楚。只有他俩一起掩盖了文子母亲自杀的情况。

菊治看向文子，那微微发红的眼睛，应该是在沏茶时哭过。

"我觉得今天来，是对的。"菊治说，"我想，文子小姐刚才话的意思是，死人和活人之间，已不存在什么原谅不原谅了。

这样我就得做出改变，认为已经得到了令堂的原谅。对吗？"

文子点点头。

"不然，家母也得不到您的原谅。尽管家母不可能原谅自己。"

"但是，我到这里来，跟你相对而坐，或许是件可怕的事。"

"为什么？"文子望向菊治，"您是说她不该死？家母死的时候，我也很沮丧，觉得不论家母受了怎样的误解，也不能拿死亡当辩解的理由。死是拒绝一切理解的，谁都无法原谅她！"

菊治沉默了，他发现文子也探索过死的秘密。他从没想过会从文子那里听到"死是拒绝一切理解的"这样的话。眼前的菊治所理解的夫人，与文子所理解的母亲，或许大相径庭。文子是无法理解作为女人的母亲。

不论是原谅他人，还是被他人原谅，菊治都荡漾在女性躯体的梦幻波浪里。这对黑乐和赤乐的茶碗，唤起了菊治如痴如梦的心绪。文子就不能理解这样的母亲。

由母亲生下来的孩子，却无法理解母亲，这似乎很微妙。然而母亲却将自己的形态微妙地遗传给了女儿。

从文子在门口迎接菊治时，他就能感受到柔情。或许正是这个因素在作祟，他在文子典雅的脸上，仿佛看到了她母亲的面容。

如果说夫人在菊治身上看到了他父亲的面容，才犯了错误，那么菊治觉得文子酷似她母亲，就如咒语一般，是将人束缚而令人战栗的东西。但菊治心甘情愿地接受这种诱惑。

只要看着文子那干涸、小巧、微微反咬的嘴唇，菊治就无法与之争辩。菊治的脑海中闪过一个念头：怎样才能让她反抗呢？

"令堂太善良了，才会活不下去。"菊治说，"然而我对令堂又太残酷。有时难免把自己道德上的不安推给了令堂。我就是个胆怯而懦弱的人。"

"是家母的问题，她太糟糕了。不论是跟令尊，还是跟三谷少爷。虽然，我不认为这都是家母的性格问题。"

文子欲言又止，脸上再次飞起红霞，血色比刚才好多了。她稍微转过脸低下头，仿佛要避开菊治的目光。

"不过就在家母过世后的第二天，我就渐渐地觉得她美了。这不是我的想象，或许就是家母自己变美了。"

"对死人来说，或许都一样吧。"

"或许家母是受不了自己的丑陋才死的……"

"我不这样想。"

"加上她无法忍受的苦闷。"

文子的眼中又含着泪，大概是想说关于母亲对菊治的爱吧。

"逝者永存在我们心中，请珍惜它吧。"菊治说。

"不过，他们死得太早了。"

看来文子也明白，菊治说的是他们的双亲。

"我们都是独生子女。"菊治说。

他被自己这话牵引着想到：如果太田夫人没有文子，或许他与夫人的事，会将他锁在更阴暗更扭曲的思维里。

"听令堂说，你跟家父很亲切。"

菊治终于说出了这句话。本来他是打算找机会，顺其自然地说的。他觉得可以跟文子聊聊父亲把太田夫人当情人而经常来这里的情景。

但文子却突然双手扶着榻榻米施礼道："请原谅，家母实在太可怜了……其实,从那时起,她就在随时准备着去死了。"

文子就势趴在榻榻米上一动不动,随即哭了起来,肩膀松弛而无力。

菊治的突然造访,让文子没顾得上穿袜子。她把双脚脚心藏在腰后,仿佛蜷缩着一般。她那散乱在铺席上的头发,几乎碰到了那只赤乐筒状茶碗。

文子捂着满脸泪痕的脸出去了,良久不见回来。

菊治只得说:"今天就此告辞了。"

他走到门口,文子却抱着个用包袱皮包着的小包走过来。

"给您添负担了。这个请您带走吧。"

"啊?"

"志野陶罐。"

文子把鲜花拿出来后倒掉水,将其擦拭干净后装进了盒子,包装了起来。菊治为文子的麻利操作而吃惊。

"刚刚还插着花,现在就让我带走吗?"

"请拿走吧。"

菊治心想:文子是在悲伤之余,才这么麻利的吧。

"那我就收下了。"

"您带走好了,我就不去拜访了。"

"为什么?"

文子没有回答。

"那么,请多多保重。"

菊治刚要迈出门,文子的声音又响起。

"谢谢您。家母的事,请别放在心上,早些结婚吧。"

"你说什么？"

菊治回过头，文子却没有抬头。

三

菊治把志野陶罐带回家后，依然插上了白玫瑰和浅色的石竹花。

菊治觉得自己是在太田夫人去世后才爱上她的，而且还是在她女儿的启示下，才领悟过来。

周日，菊治试着给文子打电话。

"还一个人在家吗？"

"是的，太寂寞了。"

"你不能一个人住。"

"嗯。"

"府上静悄悄的，任何的动静都能在电话里听见。"文子笑道。

"请个朋友来一起住，怎样？"

"可我总觉得，如果有别人来，家母的事就会被人知道……"

菊治难以接话。

"一个人住的话，外出不方便吧。"

"不会的，把门锁上就可以出去了。"

"那什么时候请您来一趟。"

"谢谢，过些日子再说吧。"

"你身体如何？"

"瘦了。"

"睡不好吗？"

"基本无法睡着。"

"这可不行。"

"再过些日子，我或许会把这里处理掉，到时候就到朋友家租房子住。"

"过些日子是什么时候？"

"我想，应该是一卖出去就……"

"卖房子？"

"是的。"

"你打算卖房子？"

"是的。您不觉得，卖掉更好吗？"

"难说。是啊，我也想卖掉这房子。"

文子沉默了。

"喂喂，这些事电话里说不清楚。今天我都在家里，你能来吗？"

"好。"

"你送的志野陶，我用来插花了。你如果来，就请把它当水罐用吧……"

"点茶？……"

"不一定吧。但不把志野陶当一次水罐来用，就太可惜了。何况，茶具就是要跟别的茶具配合使用，才能相映生辉，不然就无法显出它真正的美来。"

"可是，今天我比上次还难看，我不去了。"

"又没别人。"

"可是……"

"就这样吗。"

"再见！"

"多保重。好像有人来了。再见。"

来的，是栗本近子。

菊治绷着脸，担心刚才的电话是否被她听见了。

"这几天都是阴天，好不容易碰上个晴天，就来了。"

近子打招呼的时候，视线落在了志野陶上。

"很快就是夏天了，茶道会闲一阵子，我就想着可以到府上的茶室来坐坐……"

近子随手把带来的点心和扇子拿了出来。

"茶室的霉味恐怕又有了吧。"

"可能吧。"

"这是太田家的志野陶吧，让我看看。"

近子若无其事地说着，向花那边膝行而去。她双手扶席低下头，粗大的双肩仿佛在吐露恶语。

"买的？"

"不，是送的。"

"送这个？是件相当珍贵的礼物呀。是遗物的纪念吗？"

近子抬起头转身说："这么贵重的东西，最好还是买下来，不是吗？收小姐送的东西，总觉得可怕。"

"嗯，我想想吧。"

"请就这么办吧。令尊弄来的太田家的各式茶具，都是买的。即便是开始照顾太田夫人后也……"

"我不想听你说这些事。"

"好,好。"

近子突然轻松地站起来走了,不久就传来了她跟女佣说话的声音,然后套上了烹饪服走出来。

"太田夫人是自杀的吧。"近子袭击似的突然说。

"不是。"

"是吗?我一听就觉得是。她身上总飘着股妖气。"

近子看向菊治。

"令尊也说过,她是个难以捉摸的女人。从女人的角度来看,她就是在假装天真,跟我们合不来。总是黏糊糊的……"

"别说死人的坏话行吗?"

"话是这样说,可这死人不是连菊治少爷的婚事也要来干扰吗?而令尊,也是被她折磨得够苦的。"

菊治心想,受苦的是近子你吧。父亲跟近子的关系,就是短暂的玩玩而已。虽然不是太田夫人的缘故,但近子恨透了直到父亲去世前还跟父亲相好的太田夫人。

"菊治少爷是个年轻人,是不懂她的。她死了反而更好,不是吗?这可是实话。"

菊治不加理睬地将脸转向一边。

"连菊治少爷的婚事都要干涉,这怎么行。她肯定是觉得难为情,又按捺不住自己的妖性,才寻死的吧。像她这样的人,估计以为死后还能见到令尊吧。"

菊治听得不由得打了一个寒战。

近子却走下庭院说:"我要到茶室去静静。"

菊治纹丝不动地久久坐在那里,欣赏着插花。洁白和浅红的花,与志野陶的釉彩浑然一体,恍如一片朦胧的云。

他脑海里,是文子独自哭倒在家中的情景。

母亲的口红

一

菊治刷完牙回卧室时，女佣已将牵牛花插进了挂着的葫芦花瓶。

"今天，该起来了。"

话虽这样说，菊治却又钻进了被窝。他仰卧着把脖子扭着去看挂在壁龛一角的花。

"有一朵都开了。"

女佣说着退到了隔壁。

"今天还是请假吧？"

"啊，还要再休息一天。本来我是要起来的。"

菊治得了感冒而头疼，已经四五天没上班了。

"在哪儿摘的？"

"就在庭院边上。它缠着茗荷，只开了一朵。"

那花是常见的蓝色，藤蔓纤细，花和叶都很细小。大概是野生的吧。不过插在古香古色的黑红色漆的葫芦里，倒垂的绿叶和花，让人觉得很清凉。

女佣是父亲在世时就在的，略懂些雅趣。

悬挂的花瓶上，有黑红漆渐薄的花押，陈旧的盒子上有"宗旦"的字样。如果是真品，应该有三百年历史了。

菊治不懂茶道的插花规矩，女佣也不是很有心得。不过早晨点茶，缀以牵牛花，让人感觉如此合适。

菊治陷入了沉思：将一朝即谢的牵牛花插进有三百年历史的葫芦里……他不由得久久凝视。或许，比起在同样有三百年历史的志野陶水罐里插西洋花，这个更相配吧。

然而，作为插花用的牵牛花能保持多久呢？这使菊治感到不安。

菊治对服侍他早餐的女佣说："牵牛花眼看着就会凋谢，其实也不一定。"

"是吗。"

菊治曾想在志野陶里插一枝牡丹。但将水罐带回家时，牡丹的季节已过了。但说不定什么地方，还有牡丹在开。

"我都忘了家里还有那只葫芦，幸亏你把它找出来。"

"是。"

"你是不是见过家父在葫芦里插牵牛花?"

"没有。我只是想,牵牛花和葫芦都是蔓生的,或许……"

"蔓生植物……"

菊治笑了,笑得有些沮丧。

看报纸时,菊治觉得头很沉重,就躺在饭厅。

"睡铺还没收拾吧。"菊治说。

正在洗东西的女佣擦着手赶忙进来说:"我这就去收拾。"

等菊治走进卧室时,壁龛上的牵牛花已经没了,葫芦花瓶也没有挂在壁龛上。

"嗯。"

可能是女佣不想让菊治看到快要凋谢的花。虽然菊治听女佣说蔓生植物的时候,忍不住笑了出来。但父亲当年的那套生活规矩,还保留在女佣的举止上。

那志野陶水罐依然摆在靠近壁龛的正中央的地方。如果文子看到,一定会觉得太怠慢了。

刚把水罐拿回来时,菊治立即插上了白色的玫瑰花和浅色的石竹花。因为文子母亲头七当天,菊治送了白玫瑰和石竹花,文子就将其插在了志野陶水罐里,放在母亲灵前。抱水罐回家的途中,菊治去了之前的那家花铺,买回了相同的花。

可后来,哪怕只是摸摸水罐,心都会跳得厉害。菊治就再没往里插过花。

有时走在路上,看见一个中年妇女的背影,就会突然地被吸引住。等他回过神来,又觉得黯然,自言自语:"简直是个罪人。"

此时他再看那背影，其实并不像太田夫人。只是腰围略鼓那里像夫人而已。

想到此的一瞬间，菊治感到令人颤抖的渴望，同时可怕的震惊也袭击而来，让菊治仿佛从犯罪的瞬间清醒。

"是什么让我成为罪人的？"

菊治像要驱除什么似的说，可越是这样，就越发想夫人。

他不时感到真实地触摸到了过世的人的肌肤，觉得如果不能从这样的幻觉中摆脱，就无法得救了。他觉得，这或许是道德产生的苛责，而使官能也病态了吧。

菊治把志野陶水罐收进盒子，就钻进了被窝。

当他望向庭院的时候，雷声响起了。虽然很远，却很激烈，而且越来越近。闪电开始掠过庭院的树木，骤雨降临时，雷声却远了。庭院里泥土飞溅，雨势凶猛。

菊治起身给文子打电话。

"太田小姐搬走了……"对方说。

"啊？"

菊治大吃一惊。

"对不起。那……"

菊治想，文子应该是把房子卖了。

"您知道她搬去哪儿了吗？"

"哦，请稍等一下。"

对方似乎是个女佣。她回到电话机旁时，以念纸条的方式，把地址告诉了菊治。新地址的房东姓"户崎"，有电话。

菊治打电话到那家去找文子，文子爽朗的声音从话筒中传来：

"我是文子,让您久等了。"

"文子小姐?我是三谷,我给你家挂电话了。"

"很抱歉。"

文子的嗓门压得很低,声音像她母亲。

"什么时候搬的家?"

"啊,是……"

"怎么没告诉我。"

"前些时候就卖了,一直就住在朋友这里。"

"啊。"

"关于要不要告诉您新的地址,我很犹豫。开始没打算告诉您,后来决定不告诉您,可最近又后悔没告诉您。"

"那是当然。"

"哦,您也这么想?"

菊治顿时觉得神清气爽,仿佛身心都被洗涤过。隔着电话,也能有这样的感觉吗?

"我一看到你送的志野陶水罐,就想见你。"

"是吗?家里还有件志野陶,是只小的筒状茶碗。那时我曾想过,要不要连水罐一起送给您。但因为家母经常用它喝茶,茶碗边还透着母亲口红的印迹,所以……"

"啊?"

"家母也这么说。"

"令堂的口红沾在陶器上洗不掉吗?"

"不是洗不掉。那件志野陶本来就有点红色,家母就说口红一沾上茶碗,就洗不掉了。家母去世后,我一看到那茶碗边,就会觉得那里格外红。"

文子的话是无意中说出来的吗?

菊治不忍听下去,赶紧岔开话题:"这边的雨下得很大,你那边呢?"

"简直就是倾盆大雨,雷声太大了,我吓得缩成了一团。"

"这场雨后,应该会凉快一些。我也休息了四五天,今天在家中。你如果愿意,就过来吧。"

"谢谢。我原本打算等找到工作后再拜访的。我想出去做事。"

没等菊治回应,文子就接着说:"很高兴接到您的电话,我这就去拜访。虽然觉得不应该再见您……"

菊治让女佣把睡铺收起来,盼望着骤雨快些停。他很惊讶自己会打电话请文子来,但他更没料到,他对太田夫人的罪孽阴影,竟因听到她女儿的声音而消失得一干二净。难道女儿的声音,能让人觉得她母亲还活着吗?

菊治刮胡子的时候,把带着泡沫的胡子屑甩到庭院树木的叶子上,让雨滴打湿它们。

过了中午,菊治以为文子来了。可到门口时,发现是栗本近子。

"哦,是你。"

"天气又热了,好久没来问候,今天特意来看你。"

"我身体有些不好。"

"那得多保重啊,气色确实不好。"

近子皱着眉头看菊治。

菊治认为文子应该是洋装打扮的,可传来木屐声时,自己怎么会以为是文子到了。真是滑稽。

"修牙了吧，显得年轻多了。"

"梅雨时闲着也是闲着，就去了……整得白了些，不过应该会很快变自然的，没关系。"

近子走到菊治刚刚躺的客厅，看了看壁龛。

"什么都没摆，很清爽吧。"菊治说。

"是啊，毕竟梅雨天嘛。但摆点花……"近子转身问，"太田家的那件志野陶，怎么样了？"

菊治不答。

"还是把它退回去吧，不是更好吗？"

"那是我的自由。"

"那不是。"

"至少不该受你指使。"

"那也不见得。"

近子露出洁白的假牙笑着说："今天，我是为征求你的意见来的。"

话音刚落，她突然张开双手驱赶起什么来。

"要把妖气通通赶出去，否则……"

"你别吓唬人了。"

"作为媒人，我今天要给你提个要求。"

"虽是一番好意，但如果还是稻村小姐的事，我不想听。"

"哟，哟，别因为讨厌我这个媒人，就把这么好的一桩亲事给推掉了，这样未免显得太小气了吧。媒人搭的是桥，你只顾在桥上走就好。令尊当年就无所顾忌地利用了我呀。"

菊治厌烦的神情溢于言表。近子有个毛病，越是说得起劲儿，肩膀就耸得越高。

"我这个人,跟太田夫人不同。我就是比较简单,什么事都不愿隐藏。一有机会,就想一吐为快。但遗憾的是,在令尊的外遇里,我连号也排不上,只不过是昙花一现而已……"

说着,她低下头来。

"不过,我从不怨恨他。后来,只要我对他有用,他就会毫无顾忌地利用我……男人,利用有过关系的女人,很是方便。当然我也承蒙令尊的关照,才学到了丰富而健全的处事之道。"

"嗯。"

"所以,你尽管利用我的这些健全的处事知识吧。"

菊治被近子这番有理的话吸引了。

近子将扇子从腰带间抽出来。

"人呀,如果太男子汉,或者太女人味儿,都是学不到如此健全的。"

"是吗?这就是说,这些知识就等同于中性啰。"

"你这不是在挖苦人吗?但话说回来,人一旦变得中性了后,就能轻易地看透男人和女人的心理。你没有想过吗,既然太田夫人是跟女儿相依为命,她怎么可能扔下女儿独自去死?以我的经验看来,她很可能想自己死后,由菊治少爷照顾她的女儿……"

"你说什么呢?"

"我总觉得太田夫人的死会搅扰菊治少爷的亲事。她的死不是一般的死亡,一定有什么地方不对劲。我仔细想过后,才恍然大悟,解开了这个谜团。"

"太离谱了,这就是你的胡思乱想。"

73

菊治感到胸口仿佛被近子捅了一刀，好像一道闪电掠过心间。

"菊治少爷告诉太田夫人关于稻村小姐的事了吧。"

菊治想起这回事来，却假装不知。

"你不是给太田夫人打过电话，说已经敲定我的婚事了吗？"

"是的，是我说的。我对她说：请你不要干扰。于是太田夫人当天晚上就死了。"

一阵良久的沉默。

"但我给她打电话这事，菊治少爷是怎么知道的？是她哭着来了，对吗？"

菊治如遭袭击。

"对吧。她还在电话里'啊'地叫了一声。"

"这么说，是你害死她的了。"

"菊治少爷如果能这么想，就能得到解脱了，是吧。没关系，反正我已经习惯了当一个反派。令尊也早就把我当成随时可以利用的冷酷的反面角色。虽然说不上是报恩，但我今天确实是主动来当这个反面角色的。"

近子似乎要把根深蒂固的嫉妒和憎恶，统统地吐露出来。

"幕后的那些事，嗨，就当不知道好了……"

近子说完，耷拉下了眼睑。

"菊治少爷尽管皱眉好了，权当我是个好管闲事的、令人讨厌的女人……不久之后，我一定要把那个妖性的女人驱除掉，让你能喜结良缘。"

"就请你别提什么良缘的事了，好吗？"

近子的声音却突然柔和起来。

"太田夫人并非是个坏人……用自己的死，在不言不语中把女儿许给菊治少爷，不过是一种期盼，所以……"

"你又在胡思乱想了。"

"本来就是这样的。你难道以为，她活着的时候，就一次也没想过要把女儿许配给你吗？你太糊涂了。她无论是睡着还是醒着，就一门心思地想着令尊，跟着魔了似的。要说痴情，这确实痴情。可她在梦与现实的混沌中，把女儿也卷了进来，甚至还搭上了生命……从旁观者来看，这似乎是种可怕的报应，或是应验了的诅咒，仿佛是被一张有魔性的网给罩住了。"

菊治跟近子面面相觑，近子瞪大的那双小眼睛，盯着菊治不放。菊治不得不将脸扭向一旁。

菊治之所以畏缩地让近子滔滔不绝，并非他一开始就处于劣势，而是他被近子的胡思乱想震惊了。菊治没想过，太田夫人真的会想过让女儿同自己成亲。他不相信，觉得这应该是近子出于嫉妒的信口雌黄。这样的胡思乱想，就像近子胸脯上那丑陋的痣。

然而这样的言论却如闪电般袭击了菊治，让他感到害怕。难道，自己就没有这样的渴望吗？虽然并非没有在母亲之后，移情于女儿的，但一面还陶醉于母亲的怀抱，一面又不知不觉地倾心于女儿，自己竟没察觉。这难道不是被魔性俘虏了吗？

菊治回想，似乎自从遇到太田夫人后，自己的性格就整个地变了。总觉得整个人麻木了。

"太田小姐刚刚来过，说既然你有客人，就改天……"女佣在外面通报。

"哦，她走了吗？"

菊治急急地站起身，走了出去。

二

"刚才……"

伸长着白而纤细的脖颈，文子仰头望着菊治。她的喉咙到胸部的凹陷处，有一层淡黄的阴影，不知是因为光线，还是她瘦了。但那淡淡的阴影，让菊治松了口气。

"栗本来了。"菊治很坦荡地说。

刚走出来时，他还有些拘谨。可一见到文子，反而轻松了。

文子点点头说："我看到师傅的阳伞了……"

"哦，是这把吗？"

那是一把有着长把的灰色阳伞，就靠在门口。

"要不你到厢房的茶室等我一会儿，栗本那老太婆就快走了。"

虽然这么说，菊治却怀疑自己：他明明知道文子要来，怎么没有想到先把近子打发走呢？

"我无所谓……"

"是吗？那就请吧。"

文子好像不知道近子对她有敌意，一进客厅就向近子施礼寒暄，还感谢近子前来吊唁了她母亲。

近子就像在教导弟子时那样略略耸着左肩，昂首挺胸地说："你母亲是个文雅的人……她在这文雅人活不长的世间，如最后的花凋谢了。"

"家母并非一个文雅的人。"

"把文子一个人留下,她心里应该不舍吧。"

文子垂下眼睑,紧紧地抿住微凸的下唇。

"如果寂寞,就多来练练茶道。"

"啊,我已经……"

"可以解闷的。"

"我已经没有学习茶道的资格了。"

"说什么话!"

近子松开重叠在腿上的双手说:"梅雨天快过去了,我是想给这府上的茶室通通风,才来的。"

近子看了一眼菊治。

"文子既然来了,你觉得怎样?"

"啊?"

"请让我用一用你母亲遗留下来的志野陶……"

文子抬起头看着近子。

"让我们来聊聊你母亲。"

"可是,如果在茶室哭了,那多讨厌。"

"该哭就哭呗,没关系的。不久之后,菊治少爷一成婚,我也不能随便地进茶室了。这里可是让我怀念的茶室……"

近子笑了,却又故作庄重地说:"我是说,如果菊治少爷跟稻村雪子小姐的亲事能定下来的话。"

文子点点头,没做任何回应。然而那酷似母亲的圆脸上,有一丝憔悴。

菊治说:"说这些没定的事,会给别人添麻烦的。"

"我是说假如。"

近子把话顶了回去。

"好事总是多磨。在事情没有定下来之前,还请文子小姐当作什么都没听见。"

"好。"

文子点点头。

近子喊了声女佣,站起来去打扫茶室。

"树荫下的树叶还是湿的,小心点!"

近子的声音,从庭院里传来。

三

"早上打电话时,你听到这里的雨声了吧。"菊治说。

"电话里也能听见吗?我没注意到。这庭院里的雨声,真能在电话里听见吗?"

文子把视线移向庭院。就在树丛对面的茶室,传来了近子打扫的声音。

菊治也望向庭院:"我也没有听见文子小姐那边的雨声。不过后来却有种感觉,那骤雨真的是暴雨倾盆!"

"是啊!那雷声太恐怖了……"

"对,你在电话里也是这么说的。"

"我连这么微小的事,也像家母。每次响雷,母亲就会用和服袖子兜住我的小脑袋。夏天外出时,家母每次都要看着天空说:今天会不会打雷。就算现在,一遇到打雷,我就还想用袖兜捂脸。"

文子的肩膀到胸口,都在暗暗地显露着腼腆的姿态。

"我把那只志野陶的茶碗带来了。"

说完,文子起身出去。返回客厅时,把放在盒子里的一个茶碗放到了菊治膝前。

菊治有些犹豫,文子便将其拉到自己面前,从盒子里把茶碗拿了出来。

"令堂也用筒状的乐茶碗喝茶吧。那也是了入烧制的吗?"菊治说。

"是的。不过她说无论是黑乐还是赤乐,是用来喝茶还是烹茶,颜色都不够好。所以她更喜欢用这只志野陶的茶碗。"

"是啊。如果用黑乐茶碗,粗茶的颜色都看不见了……"

菊治无意地拿起那志野陶筒状茶碗来欣赏,文子便说:"这可能不是上好的志野陶,但……"

"哪里。"

正如文子在电话里说的那样,这只白釉的志野陶隐约地透出红色来。仔细地观察,会觉得那红色是从白釉里浮现出来的。就在茶碗的口沿处,有浅茶色,其中一处尤其明显更浓。那儿恐怕就是接触到嘴唇的地方,看上去仿佛是茶锈,也可能是嘴唇弄脏的。

那浅茶色,依旧透着红。难道真如文子电话里说的一样,是文子母亲的口红渗了进去吗?

他觉得不可思议,再仔细看,发现那釉面是茶色和赤色参半的色泽。宛如褪色的口红,或枯萎的红玫瑰。而且当菊治觉得它像陈旧的血渍时,更觉不可思议。让他既觉得恶心,又觉得诱惑。

茶碗的形状很端正，面上呈黑青色，画了些宽叶草，有些草叶中间呈现出红褐色。这些单纯而健康的草叶，却唤醒了菊治病态的感官。

"很不错的。"

菊治把茶碗端在手上。

"我不识货。但家母喜欢，经常用它来喝茶。"

"很适合女人的茶碗。"菊治再次活脱脱地感受到了文子母亲的温馨。

尽管如此，文子为什么要把这只渗着母亲口红的志野陶茶碗拿来呢？是她天真，还是满不在乎呢？不管如何，文子那种不抵抗的心绪，传染了菊治。

菊治在膝上转着茶碗欣赏，可以避免让手指碰到茶碗边沿。

"请把它收好。别让栗本那个老太婆看见，以免她又说什么讨厌的话。"

"是。"

文子将茶碗放回盒子，重新包好。这只茶碗，文子本打算把它送给菊治，但没有找到合适的机会。或许，她也顾忌菊治可能会不喜欢。

文子将其放回门口时，近子弯着身体走了上来。

"请把那个太田家的水罐拿给我，好吗？"

"用我的东西怎样？毕竟太田小姐在场……"

"瞧你，正是文子小姐来了才用的，不是吗？借着这件遗物，正好可以谈谈文子母亲。"

"可你不是恨她吗？"菊治说。

"我干吗要恨她？我俩只是性情不合罢了。恨一个死人有什么用？但正是因为性情不合，不了解她，反而能让我看透她。"

"你的毛病就是爱去看透别人……"

"要做到让我看不透才好。"

文子出现在走廊上，坐到门框边。近子耸着左肩，回头看她。

"我说，文子小姐，能让我们用你母亲的志野陶吗？"

"啊，请随意。"文子说。

于是，菊治将刚放进壁橱的志野水罐拿了出来。近子快活地将扇子插到腰间，就抱着水罐盒子走向茶室。

菊治也走到门框边说："今早听说你搬家了，我大吃一惊。卖房子的事，你一个人处理得来吗？"

"是的。不过买房子的是个熟人，所以程序比较简单。这个熟人暂住在大矶，是个小房子，说愿意跟我交换。但房子再小我也不能一个人住，而且既然要上班，还是租房子方便些。所以就先暂住在朋友家里了。"

"工作定下来了吗？"

"没有。到紧要关头了，自己却没什么本事……"文子笑着说，"本打算工作定下来后再去拜访您的。在无家无职的漂泊期来见您，未免太凄凉了。"

菊治想说，这种时候来正是最好的时候。他本来认为文子是孤苦无依，但看她的表情，又不是特别寂寞。

"我也想卖这房子，可我一向拖拉。不过因为一直想卖，所以连架水槽也懒得修。你看这榻榻米，都什么样子了，也没换。"

"您不是要在这里结婚吗？到时候再……"文子很直率地说。

菊治看着文子说："你是说栗本张罗的事吧。你觉得我现在这样子能结婚吗？"

"是为了家母吗？……如果家母让您如此伤心，现在事情已经过去了，就请您别再提了……"

四

近子很快收拾好了茶室，只要是茶道的东西，她都得心应手。

"这里收拾得跟水罐相配吗？"

近子问菊治，可他并不懂这些。他没有回答，文子也不言语，他们的眼睛只是望着志野水罐。

这水罐，原本在太田夫人灵前插花，今天才派上了它本来的用场——当一个水罐。

先前这是太田夫人的东西，太田夫人去世后，先传给了女儿文子，又被文子送给了菊治，现在却任凭栗本近子使用。这只水罐的奇妙命运，也许是茶道器具经常遭遇的。即便在太田夫人之前，在水罐制成后的三四百年时间里，不知经过多少命运迥异的物主之手，才传承至今。

"把志野水罐放在茶炉和铁锅边，就更像美人了。"菊治对文子说。

"但也很刚劲，一点不比铁器差。"

志野陶的白釉面，闪着润泽的光芒，仿佛是从深层透射出来的。菊治曾在电话里对文子说，一见到这志野陶，就想要见她。但她母亲白皙的肌肤，有蕴藏着女性的刚劲吗？

酷热的缘故，菊治把茶室的拉门打开了。文子坐在窗边，窗外翠绿枫叶的浓密投影，就落在文子的头发上。文子修长脖颈上面的部分，映照着窗外的亮光。短袖衣服外的胳膊，白皙中略带了些青色。她虽然不胖，肩膀却圆润，胳膊也是圆乎乎的。

近子也看着水罐。

"如果水罐不在茶道中使用，怎能显现出它的灵性。只是随便地插几枝洋花，实在太委屈它了。"

"家母就拿它插过花。"文子说。

"你母亲留下的这只水罐，跟做梦似的到了这儿。不过你母亲一定很高兴。"

也许近子只是想挖苦一下，文子却若无其事。

"家母也拿这水罐来插花，而且我也不学茶道了。"

"别这样说嘛。"

近子环视四周说："能在这儿坐坐，心里就踏实，四处都能看到。"她看向菊治，"明年令尊就去世五周年了，祭祀那天就举行一次茶会吧。"

"是吗，把所有赝品茶具统统摆出来，再把客人请来，也许是件令人愉快的事。"

"你说啥呢。令尊的茶具没一件是赝品。"

"是吗？可全部赝品的茶会应该很有意思吧。"菊治对文子说，"这茶室总有股霉味儿，如果要举办茶会，不如全部用赝品，说不定就能去除这股霉味儿。我把它当成是为已故父亲的祈福，从此就跟茶道断绝关系。虽然我早就跟茶道绝缘了……"

"你其实是想说，我这个讨厌的老太婆，总是要到这里来，是吗？"

近子迅速地用圆筒竹刷搅和着抹茶。

"可以这么说。"

"不许这么说！但如果是为了让你结新缘，断掉旧缘也未尝不可。"近子说"请吧"，就将茶送到菊治的面前，"文子小姐，菊治少爷的玩笑话，会不会让你觉得母亲的遗物去错了地方？我一见到这件志野陶，就仿佛看到了你母亲。"

菊治喝完茶，马上放下茶碗来看水罐。也许是近子的身影映在了黑漆的盖子上吧。

文子心不在焉地坐着，菊治弄不清她是不想抵抗近子，还是在无视近子。文子没有露出不快的神色，仿佛跟近子同坐茶室是件奇妙的事。对于近子提到菊治的亲事，文子也没有拘谨的表现。一向憎恶文子母亲的近子，几乎每句话都在有意地侮辱文子，可文子没有表现出任何的反感。

难道是因为文子还沉浸在深沉的悲伤中，以至于将一切都视为过眼云烟吗？难道母亲的死，使她完全超越了一切吗？也许，她继承了母亲的性格，不为难自己，也不怪罪他人，而成为了一个能摆脱一切烦恼的纯洁姑娘？

菊治努力不让人看出他要保护文子，他不想让文子受到近子的憎恶和侮辱。当菊治意识到这点时，对自己的行为奇怪起来，连面前近子自点自饮的样子，也奇怪起来。

近子从腰带里取出手表来看："这手表太小了，我这老花眼看着太费劲儿了……要不把令尊的怀表送给我吧。"

"他没有怀表。"菊治顶了回去。

"他有的，还经常用。他去文子小姐家时，就总戴着。"

近子装出一副怆然若失的样子。文子则垂下了眼帘。

"现在是两点十分吗？这两根针聚到一起了，看不清楚呀。"近子又露出那副能干的样子，"稻村家的小姐给我招了些人，今天下午三点要学茶道。我是在去她家之前来这里的，就想听听菊治少爷的想法，好心里有数。"

"就请直接回绝吧。"

尽管如此，近子还是笑着搪塞道："好，好，直接……"但她又接着说，"真希望早一天能让那些人到这间茶室学习啊！"

"那就请你让稻村家把这房子买下来，反正我也想把它卖掉。"

"文子小姐，我们一起走吧？"

近子不理会菊治，转身向文子。

"是。"

"那我就赶紧收拾吧。"

"我来帮忙。"

"真是谢谢。"

可近子却不等文子，迅速地去了水房，很快传来了放水声。

"文子小姐，我看还是算了，别跟她一起走。"菊治说得很小声。

文子却摇着头说："我害怕。"

"有什么害怕的。"

"我是真的害怕。"

"那你跟她走到那边后，就摆脱她。"

文子却摇头，站起身来抚平了夏服膝盖弯后的皱褶。菊治以为文子要倒地了，差点从下面伸出手去，弄得文子满脸通红。

刚才近子提到怀表时,她难过得眼圈都红了,现在则是满面通红,如突然绽放的红花。

文子抱着志野陶水罐走向水房。

"哟,还是把你母亲的东西拿来了?"

水房里,传来近子嘶哑的声音。

双重星

一

栗本近子到菊治家,来跟菊治说文子和稻村小姐都结婚了。

这是夏令时节的晚上八点半,天还亮着。菊治在晚饭后躺在廊道上,望着女佣买来的萤火虫笼子。发白的萤火光,不知什么时候带上了黄色。天色昏暗,菊治却不想起身开灯。

菊治今天刚回家。先前他请了四五天夏休假,到朋友位于野尻湖的别墅度假。这位朋友已经结婚生子,菊治却没有经验,不知该怎样寒暄，纠结是该说婴儿长得大了还是小了。

"孩子发育得真好。"

菊治刚说完，朋友的妻子就说："哪里，刚生下来的时候简直小得可怜，最近才长得像样了些。"

菊治对着婴儿晃手："他怎么不眨眼呢。"

"孩子是看得见的，不过现在还不会眨眼，还要再过些时候才行。"

菊治以为这婴儿已经出生几个月了，其实才刚满百天。那年轻的主妇，头发稀疏，脸色有些发青，还带着产后的憔悴。朋友夫妻的日子，都以这婴儿为中心，一心只顾着婴儿。这是可以理解的，但菊治还是觉得自己多余了。

但在菊治坐火车回家的路上，那位老实的朋友妻子那毫无生气的憔悴面容，以及呆呆抱着婴孩的纤弱身姿，总浮现在菊治脑海，怎么也挥之不去。

朋友本来是跟他的父母兄弟住在一起的，但这孩子出生后，他们就搬到了湖畔别墅。已经习惯于过二人世界的妻子，大概在这里会感到安心舒适吧，以至于到了发呆的程度。

此时此刻，回到家躺在廊道上的菊治，脑海中依然浮现着朋友妻子的身影。这种思念带着一种神圣的哀愁。

就在这时，近子来了。

她冒冒失失地走进房间："哎哟，怎么待在这么黑的地方……"
她坐在菊治脚边的廊道上。

"单身的就是可怜，一个人躺在这儿，也没人给开个灯。"

菊治把脚弯起来，不一会儿，还是满脸不快地坐了起来。

"就请你躺着吧。"

近子用右手打了个手势,示意菊治继续躺着,而后才故作庄重地寒暄起来。她讲到先前去了京都,回来时在箱根歇了歇。在京都她的师父那里,她还遇见了茶具店的大泉先生。

"我们难得见上一面,就一起畅快地聊了聊你父亲。他还带我去看三谷先生当年悄悄幽会的旅馆,就在木屋町的一家小旅馆。那里可能是你父亲跟太田夫人去过的地方。大泉还让我住那里,真是太过分了。一想到你父亲和太田夫人都死了,我就害怕,说不定半夜会被吓醒的。"

菊治沉默着,心里却想,说话没分寸的是近子你才对。

"菊治少爷去野尻湖了?"

近子明知故问,她一进门就从女佣那里听说了。近子不等女佣通报就直接进来,是她一贯的作风。

"我刚到家。"

菊治依旧满脸不快。

"我都回来三四天了。"

接着近子郑重其事地耸起左肩说:"可一回来,我就听到了一件遗憾的事,让我大吃一惊。都怪我太疏忽了,简直没脸来见菊治少爷。"

于是近子说,稻村小姐结婚了。

菊治吃了一惊。幸亏是在廊道上,光线昏暗,没让近子看到。于是他装作毫不在意地问:"是吗?什么时候?"

"怎么,说得跟别人的事似的,还真沉得住气!"

近子挖苦道。

"本来就是。雪子小姐的事，我早就让你多次回绝了。"

"那不过是你口头上的。你恐怕是对着我才摆出这副样子的吧。做得好像你一开始就不情愿，都是我这个老太婆好管闲事、自作主张、纠缠不清、令人讨厌。其实你心里最清楚，这小姐很好。"

"胡说什么呀。"

菊治突然忍不住笑了出来。

"你还是喜欢她的吧。"

"她是位不错的小姐。"

"我早就看出来了。"

"说她不错，不一定就想跟她结婚呀。"

但刚听到稻村小姐结婚的消息，菊治的心头仿佛被撞了一下，并强烈地想记起她的样子。

还记得圆觉寺的茶会上，为了能让菊治好好看看雪子，近子特意安排雪子给他点茶。雪子的手法淳朴，气质高雅。在嫩叶投影的拉门映衬下，她身上的和服甚至头发，仿佛都在发光。这样的印象，还深深地刻在菊治心底。当时她使用的红色绸巾及缀着洁白千只鹤的粉红色小包，又鲜明地浮现在他的脑海中。但她的容颜，却难以记起。

后来雪子来菊治家，是由近子点茶。即便到了第二天，菊治还觉得茶室里留存着小姐的芳香。她系着的菖兰腰带，至今还历历在目。但她的身姿，却难以捕捉。

其实，就连三四年前亡故的父亲和母亲的样貌，他也很难在脑海中清晰地描绘。只有在看到他们照片后，才能确定地点点头。也许越是亲近的人，越是深爱的人，就越难描绘。越是丑陋的东西，越容易明确地留在记忆中。

雪子的眼睛和脸颊，在记忆中如光一般抽象。可近子乳房与心窝间的那块黑痣，却如癞蛤蟆一般具体而顽固地留在记忆里。

廊道昏暗，菊治依旧知道她多半穿的是那件小千谷的白麻绉绸的长衬衫。即便在明亮的地方，也不可能透过衣服看到她胸脯上的黑痣。然而在菊治的记忆里，却能看见。与其说因昏暗而看不见，不如说在黑暗中的记忆更清晰。

"既然觉得是不错的小姐，就不该放过。像稻村小姐这样的，恐怕独一无二。就算你再找一辈子，也找不到这样的了。这么简单的道理，菊治少爷不懂吗？"

她以训斥的口吻说："你经验欠缺，还要求很高。唉，现在菊治少爷和雪子小姐的人生，就这么彻底改变了。本来小姐对菊治少爷是很满意的，但现在嫁给了别人，万一不幸，菊治少爷不能说没有责任吧。"

菊治没回应。

"小姐的样貌风姿你都看得一清二楚，你就忍心让她以后后悔地想着如果早几年跟菊治少爷结婚就好了。你就忍心让她总是思念你吗？"

近子的声调带着恶毒。可就算雪子已经结婚了，近子为什么还要说这些多余的话？

"哟，是萤火虫笼子，这个时节还有啊？"

近子伸着脖子说："都到挂秋虫笼子的时候了，怎么还会有萤火虫？跟幽灵似的。"

"可能是女佣买来的。"

"女佣也就只有这个水平。菊治少爷要是能学茶道,就不会有这样的事了。日本就是要讲究个季节。"

听了近子的话,萤火虫的火光确实变得有些诡异,如鬼火一般。菊治想起了野尻湖畔的虫鸣。确实,能活到这个季节的萤火虫,让人觉得不可思议。

"要是结了婚有了太太,就不会有这种过了时的清寂感了。"近子突然悄声说,"我之所以如此努力给你介绍稻村小姐,是想为令尊效劳。"

"效劳?"

"是啊。可菊治少爷还是在这昏暗的地方看萤火虫,就连太田家的文子小姐也结婚了。不是吗?"

菊治仿佛被人绊了一跤,这消息比雪子结婚更让他震惊,连神色也不准备掩饰了。近子就把菊治满怀疑惑的不可能神色看在了眼里。

"这个我也是从京都回来后才知道的。都听傻了吧。这两个人跟约好了似的,先后快快地结婚了。年轻人,太简单了。"近子说。

"我本以为,文子小姐结婚后,就没人来打搅菊治少爷了。可谁知道,稻村小姐早就结婚了。我简直是颜面扫地,这都是菊治少爷优柔寡断导致的!"

"太田夫人直到死都还在搅扰菊治少爷。不过文子小姐结婚后,太田夫人的妖性总该从这家里消散了吧。"

近子看向庭院。

"这样的话,也就干净利落了。庭院的树木该修整修整了。暗成这样,就该明白是枝叶太过杂乱繁密导致的,让人憋闷、烦躁。"父亲过世四年了，菊治却一次也没请过花匠来修理，就任由庭院的树木无序地生长，单单是白天的余热所散发出来的味道，就能感觉到这一点。

"女佣恐怕连水都没浇吧。这种事，你总可以吩咐她呀。"

"就少管点闲事吧。"

尽管近子句句都让菊治皱眉，但他还是任由她絮叨。每次都是这样。虽然近子的话让人怄气，但她始终想讨好菊治，并且在不断试探菊治的心思。

菊治早就习惯了她的手法，有时也会公开反驳，并悄悄地提防。近子心里也明白，只是假装不知，只在偶尔露出她明白他在想什么的神情。况且她很少会说让菊治感到意外而气愤的话，她只是挑剔菊治的自我嫌恶。

今晚，近子来告知雪子和文子的婚事，其实也是想探究菊治的反应。菊治警惕着近子的居心，提醒自己不能大意。近子想把雪子介绍给菊治，以此让文子远离他。可现在两位小姐都结婚了，只剩下菊治。至于菊治怎么想，跟近子毫无关系，但她仿佛还要紧追着菊治心灵上的影子。

菊治有些想起身开灯，他刚意识到，在黑暗中如此跟近子谈话，有些可笑。他们俩还没达到如此亲密的程度。就连修整庭院树木，她也要指手画脚。这就是她的毛病，菊治只把她的话当作了耳旁风。可为了开灯而起身，菊治又懒得起来。

近子刚进来时，虽然说了灯的事，但也无意去开。她的职业让她养成了对这类小事勤快的习惯，但她现在似乎不想为菊治做得更多。也许是她年龄大了，或许是作为茶道师傅在拿架子。

"京都的大泉托我捎个口信给你，如果你有意出售茶具，希望能交给他办理。"接着她又沉着地说，"既然跟稻村家的亲事吹了，菊治少爷也该振作起来开始新的生活。也许这些茶具派不上什么用场。从你父亲开始，就用不着我，我觉得很寂寞。不过只有我来了，这间茶室才能得以通风吧。"

哦，菊治这才领会，近子的目的已经很露骨了。现在菊治与雪子小姐的婚事告吹了，近子也对菊治绝望了，企图最后与茶具铺的老板合谋弄走菊治家的茶具。这事，大概她在京都就已经跟大泉商量好了。菊治却没有感到恼火，反而觉得轻松。

"我连这房子都想卖，到时候自然会拜托你的。"

"那个人毕竟跟你父亲有交情，是可以放心的。"

近子又补充了一句。

菊治想，家中有什么茶具，近子比自己清楚得多，恐怕她早就盘算过了。

菊治看向茶室。那里有一株大夹竹桃，正开着白花。朦胧间，只看见一片雪白。而漆黑的夜色，很难划清天空与庭院树木的界限。

二

下班时，菊治刚要走出办公室，就被电话叫了回来。

"我是文子。"

电话里的声音小小的。

"哦，我是三谷……"

"我是文子。"

"啊,我知道是你。"

"给您打电话来,真失礼。但有件事如果不打电话来道歉的话,就来不及了。"

"噢?"

"是这样的,昨天我给您寄了封信,却忘记贴邮票了。"

"是吗?我都没有收到……"

"我在邮局买了十张邮票,可回家一看,邮票都还在。我真是糊涂,就想怎样才能在信送达之前向您道歉……"

"就是件小事,你不必放心上的……"菊治心想,这封信可能是告知他文子结婚一事的,就接着问,"那是封报喜信吗?"

"什么?……我就想,以前都是一直给你打电话,还是第一次给你写信。我有些拿不定主意,就惦记着该不该发这封信,结果就忘记贴邮票了。"

"你现在在哪儿呀?"

"我在东京站的公共电话亭里……外面还有人等着打电话呢。"

"哦,是公共电话。"菊治不明白她为何要用公共电话给自己打,但还是说,"恭喜了。"

"您说什么呢?……总之是托您的福……您是怎么知道的?"

"是栗本告诉我的。"

"栗本师傅?……她怎么知道的?还真是个可怕的人。"

"不过,你应该不会再见她了吧。还记得上次打电话时,听见了雷阵雨声,对不对?"

"您是这么说的。那时我搬去了朋友家,还犹豫着是否要告诉您。这次,也跟上次相同。"

"那我还是希望你能通知我。不过，从栗本那里知道你的消息后，我也一直拿不定主意是否该向你贺喜。"

"就这样不明不白地消失无踪，也太凄凉了。"

她那渐小的声音，像极了她母亲，让菊治突然沉默下来。

"也许是不得不消失吧……"

沉默了一会儿，她才又说："是间六铺席的房间，很简陋，是在找工作时同时找到的。"

"啊？……"

"现在正是最热的时候，上班累得很。"

"是啊，再加上刚结婚不久……"

"什么？结婚？……您说结婚吗？"

"恭喜你。"

"什么？我？……我听不懂。"

"你不是结婚了吗？"

"没有呀，我现在哪儿有心思结婚！……家母那样去世了……"

"啊！"

"是栗本师傅说的吧？"

"是的。"

"为什么呢？想不明白。三谷先生是信以为真了吧？"

这句话像是她对自己说的。

菊治突然很肯定地说："电话里说不清楚，能见一面吗？"

"好。"

"我去东京站，你就在那里等我。"

"可是……"

"要不我们约个地方？"

"我不喜欢在外面约会，还是我到你家吧。"

"那我们一起回去。"

"一起回去？那不就等于约会了吗？"

"那你先到我公司来？"

"不。我还是一个人去你家算了。"

"好吧。我这就回去。如果文子小姐先到了，就请先到屋里休息吧。"

如果文子从东京站坐电车，恐怕会比菊治先到。但菊治总觉得可能会跟她坐上同一趟电车，于是在车站的人群中边走边张望。

结果，还是文子先到。

听女佣说文子在庭院里，菊治就直接从大门旁走进了庭院，看到文子就坐在白夹竹桃树荫下的石头上。

庭院的旧水龙头还能用，所以自从近子来过后的四五天里，女佣总会在菊治回来前给树木浇水。文子坐的那块石头的下半部，还湿漉漉的。

如果那株盛开的夹竹桃是红花衬绿叶，就会如烈日当空的花。但那株夹竹桃开的是白花，倒是格外凉爽。文子穿着洁白的棉布服，在翻领和袋口镶着一道深蓝色的细边。那些凉爽的花，就簇拥着文子柔美地摇曳。

从位于文子背后的夹竹桃上空，夕阳一直照射到菊治的面前。

"欢迎你来。"

菊治亲切地迎了上去。

文子本来想比菊治先开口说点什么，可是……

"刚才，在电话里……"

文子将双肩一收，像是要转过身来站起。她心里想：如果菊治再走过来，说不定就会握住她的手了。

"刚刚在电话里说了那种事，我才来，来更正……"

"结婚的事吗？我真是大吃一惊。"

"能嫁给谁呢？……"

说着，文子垂下眼睑。

"关于嫁给谁的事……我在听说文子小姐结婚了，和听说你没结婚的时候，都震惊了。"

"两次都是吗？"

"可不是嘛。"

菊治沿着踏脚石边走边说："从这里上去吧。你刚刚可以进屋等我的。"

菊治说着坐到了廊道上。

"前些日子我刚旅行回来，在这里休息的时候，栗本就来了。那是个晚上。"

女佣在屋里喊菊治，大概是准备好了晚饭。菊治离开公司前给她打了电话，吩咐了她。菊治站起来走进屋，换了身白色的上等麻纱服走出来。文子也好像重新化了妆，等着菊治坐下。

"栗本师傅怎么说的？"

"她只是说，听说文子小姐也结婚了……"

"三谷少爷就相信了？"

"我没想到她会撒这个谎……"

"一点都没怀疑过？"

瞬间，文子那双又大又黑的眼睛湿润了。

"我现在怎么可能结婚？三谷少爷以为我会这样吗？家母和我都如此痛苦，如此悲伤。这些全都没有消失，怎么可能……"

听着这些话，菊治感觉她母亲仿佛还活着一般。

"家母和我天生都容易轻信他人，相信他人会理解自己。难道，这仅仅是我们的幻想？只是我心灵水镜上的自我写照……"

文子已经泣不成声了。

菊治沉默良久后说："记得前些时候，我也曾问过文子小姐：你认为我现在可能结婚吗？那是个暴雨倾盆的日子……"

"就是雷声大作的那天？……"

"对。现在这话反过来从你的嘴里说出来了。"

"不，那时……"

"文子小姐总是说我，快结婚了吧。"

"那是……三谷少爷跟我不一样。"

文子用满是泪水的眼睛凝望菊治。

"哪里不一样了？"

"身份不一样……"

"身份？……"

"是的，身份不一样。不过，用身份这个词不太恰当，或许可以说是身世灰暗。"

"是说罪孽深重吗？……如果是这个的话，那应该是我吧。"

"不！"

文子使劲摇头，泪水夺眶而出，有一滴意外地沿着左眼角流到了耳边，滴落了下来。

"如果说罪孽，都已经由家母带着去了另一个世界。不过，我不认为是罪孽，我觉得那只是家母的悲伤。"

菊治低下头。

"如果是罪孽，或许永久都不会消失。而悲伤，是可以过去的。"

"但文子小姐说身世灰暗，不就让令堂的死也变得灰暗了吗？"

"还是说深沉的悲伤更好。"

"深沉的悲伤……"

菊治本想说跟深沉的爱一样，但又忍住了。

"再说，三谷少爷还在跟雪子小姐商量婚事，跟我不一样的。"文子把话题拉回了现实，"栗本师傅似乎觉得是家母搅扰了这桩婚事，所以才说我已经结婚了的吧，是把我也当作了搅扰者。我只能这样认为。"

"可听说稻村小姐也结婚了。"

文子松了口气，露出泄气的表情，却说："撒谎……恐怕又是谎言，这肯定是骗人的。"

文子使劲地摇了摇头。

"这是什么时候的事？"

"你是说稻村小姐结婚的事？……大概是最近吧。"

"肯定是骗人的。"

"她告诉我，雪子小姐和文子小姐都结婚了，所以我反而觉得文子小姐结婚大概是真的。"菊治又低低地补充了一句，"不过，也许雪子是真的。"

"撒谎，哪儿有人会在这大热天结婚的？就算只穿着一层衣服，也会流汗不止。"

"是啊。夏天真的没人举行婚礼吗？"

"嗯，几乎是没有的……虽然也不是绝对没有……但结婚仪式一般都会在秋季或者……"

不知怎的，文子湿润的眼眶里突然又涌出了新的泪水。她垂着眼睑，凝视着滴落在腿上的泪痕。

"但栗本师傅为何要说这样的谎呢？"

"我还真的被骗了。"

菊治也这么说。可为什么文子会为这事落泪呢？

菊治想，至少现在可以确定的是，文子结婚的事是个谎言。说不定雪子是真的结婚了，所以近子为了让菊治远离文子，就说文子也结婚了。

然而，这样的猜想并不能说服他，他觉得雪子结婚的事，似乎也是个谎言。

"不管怎样，在弄清楚雪子小姐的婚事是真是假之前，不能断定是栗本的恶作剧。"

"恶作剧……"

"就当是她的恶作剧好了。"

"可如果不是我今天给您打电话，我不就成了个已婚的人了。这真是个残酷的恶作剧。"

女佣再次来招呼菊治。

菊治拿着一封信从里面走了出来。

"文子小姐的信送到了，没贴邮票……"说着便准备拆信。

"不，不，请不要看……"

"为什么?"

"我不想了,请还给我。"

文子说着,膝行着过去,想把信抢过来。

"还给我。"

菊治却突然把手藏到了背后,一瞬间,文子的左手按到了菊治的腿上。她想接着用右手抢信,可左右手不协调,让她的身体失去了平衡。她赶紧用左手向后撑住自己,险些就倒在了菊治身上。可她仍旧伸着手,去抓菊治背后的信。身子向右扭时,侧脸差点就落进了菊治怀里。

文子轻快地把脸闪开,连之前按在菊治腿上的左手,也是很轻快地触碰了一下而已。可这轻快的触碰,怎么可能支撑住她先往右扭,又往前倾的上半身呢。

当文子摇晃的身子向菊治压去的时候,菊治浑身的肌肉都绷紧了,几乎喊出声来。他强烈地感到她是个女人,同时感受到了文子的母亲太田夫人。

文子是在什么时候把身体闪开的?又是在哪里无力地松懈的?这简直就是无以名状的温柔,仿佛是女性本能的奥秘。菊治本以为文子会沉重地压过来,但文子就只是轻快地触碰了一下,仿如一阵温馨的芬芳飘过。

那浓郁的香味,仿佛太田夫人。那是太田夫人拥抱时的香味。

"哎呀,请还给我。"

菊治没有再坚持。

"我要撕了它。"

文子抢过信,转向一边将其撕了个粉碎,她的脖颈和裸露的胳膊都已经被汗湿了。

文子因刚才的险些倒下又硬把身子闪开而脸色煞白，等她坐正后，才变成了满脸通红。汗水，似乎就是那时出的。

三

从附近餐馆叫来的外卖，都是老一套，没什么食欲。

当女佣按往常的惯例将志野陶筒状茶碗摆到菊治面前时，菊治才发现不对，可已经被文子看见了。

"哟，您在用这只茶碗？"

"是。"

"那就太糟糕了。"

文子的声音没有菊治的那么羞涩。

"把这件东西送给您，我很后悔。我在信里也提到了这个。"

"提到什么？……"

"没什么，就是想表达一下歉意，毕竟送给您这么一件没什么价值的东西……"

"这可不是没有价值的东西。"

"这不是什么上好的志野陶，家母就把它当作是日常用的茶杯。"

"我虽然不在行，但作为志野陶，这不是挺好的吗？"

菊治将筒状茶碗端到手上来看。

"可比这好的志野陶多的是，您如果用它，或许就会想起别的好茶碗，觉得它们更好……"

"我家没有这种志野陶的小茶碗。"

"即便府上没有,别处也是能见到的。您用的时候,如果想起别的茶碗,觉得它们更好的话,家母跟我都会觉得悲哀。"

菊治倒吸了一口气,却说:"我已经跟茶道绝缘,不会再看到别的茶碗了。"

"可总是有别的机会的。况且,您已经见过比这更好的志野陶。"

"照你的说法,送人就只能送最好的了?"

"是呀。"文子干脆地抬起头直视菊治,"我就是这样想的,我在信里还请您将它直接摔碎了扔掉。"

"摔碎?扔掉?"

面对文子的步步紧逼,菊治支吾起来。

"这茶碗是志野古窑烧的,怎么说也是三四百年前的老东西了。当初或许是宴席或别的场合的用具,既不是茶碗,也不是茶杯。但自从它被当作小茶碗后,应该也经历了漫长的岁月。古人珍惜它,将它传承下来。也许还有人将它收入茶盒,随身带着去远途旅行。是的。所以,恐怕不能因为文子小姐的一时任性,就把它摔了。"

他记得文子曾说,这茶碗接触嘴唇的地方,渗透着文子母亲的口红印。文子母亲也告诉过她,口红一旦沾到茶碗上,怎么也擦拭不掉。菊治得到这茶碗后,似乎也发现碗口一处有些脏,怎么都洗不掉。但那不是口红的颜色,而是浅茶色,带了点红。如果把它看作是褪了色的口红,也未尝不可。

但那或许是志野陶本身隐约的红。当然如果是当茶碗使用,碗口接触嘴唇的地方就会固定,所以也可能留下嘴唇的痕迹。说不定那是文子母亲之前的物主的。不过，如果太田夫人把它当作日常的茶杯，或许用它的时候就最多。

菊治还曾想：把它当作茶杯，是太田夫人的主意吗？或者是菊治父亲的主意？他也曾怀疑太田夫人将了入的赤乐和黑乐筒状茶碗当成了茶杯，与菊治的父亲当作夫妻茶碗用。

父亲让她用志野陶的水罐插花，用志野陶的筒状茶碗当茶杯。父亲是把太田夫人当作一种美吧。

他们去世之后，那只水罐和筒状茶碗就都传给了菊治。现在，文子也到了这里。

"不，不是我任性，我是真的希望您摔了它。"文子接着说，"我把水罐送给您，看到您很高兴，就又想起了这件，又顺道送给了您。事后，我才觉得难为情。"

"这件志野陶，作为茶杯使用，真是委屈它了……"

"不过，有的是比它更好的。如果您一边用它，一边想着更好的，就会让我难过。"

"所以你才说送人只能送最好的？……"

"那也要根据对象和场合。"

文子的话，让菊治震惊。文子会不会希望菊治通过太田夫人的遗物，而想起夫人和文子，或者他想亲切地触摸的东西，就须是最好的？

文子希望将最高的名品当作母亲的纪念品，菊治很理解。这就是文子最高的感情。事实上，水罐就是这种感情最好的证明。

菊治能从志野陶冷艳而温馨的光滑表面想起太田夫人。这样的思绪之所以没有罪孽的阴影与丑恶，可能正是"这水罐是件名品"

的原因。在欣赏它的过程中，菊治仿佛依旧能感到太田夫人是女性中最高的名品，没有瑕疵。

下雷阵雨那天，菊治在电话里对文子说，看到水罐就想见她。这话，是因为在电话里，他才能说出口。正是因为这句话，文子才说还有一件志野陶，于是将那筒状茶碗带到了菊治的家里。

当然，这件筒状茶碗，没有水罐名贵。

"记得家父也有一个旅行用的茶具箱。"菊治想起来，"那里的茶碗一定没这件志野陶好。"

"是什么茶碗？"

"嗯……我也没见过。"

"能让我看一下吗？一定是令尊的东西更好。"文子说，"如果比令尊的差，这件志野陶就可以摔了吧？"

"危险啊！"

饭后，他们一起吃西瓜。文子一边灵巧地剔着西瓜子，一边催菊治去拿那茶碗。菊治让女佣打开茶室，自己走到庭院，准备去找茶具箱。可文子也跟了过来。

"究竟放哪儿了，我也不怎么清楚。栗本对这些才了如指掌……"

菊治回过头时，正好看到文子站在夹竹桃满树白花的树荫之下，树根处现出了她穿着袜子和庭院木屐的脚。

菊治在水房的横架上找到了茶具箱。走进茶室后，菊治将其放在了文子面前。文子原以为菊治会解开包装，就正襟危坐地等着。过了一会儿见没动静，才伸出了手。

"我这就打开了。"

"这么厚的灰。"

菊治拎起文子打开的包装，起身出去将灰尘抖落在庭院里。

"那架子上有只死了的蝉，都长蛆了。"

"可茶室很干净。"

"那是前些日子栗本来打扫的。就是那次，她跟我说文子小姐和稻村小姐都结婚了……也许是夜里的缘故，把蝉也关屋里了。"

文子从箱子里取出像是茶碗的小包，弯下腰来，用颤抖的手指解开袋子上的扎带。

坐在一侧的菊治，俯视着她收缩的圆润双肩向前倾斜，让修长的脖颈更为引人注目。她认真地紧抿着下唇，让微凸的嘴形更为明显。还有那没有装饰的耳垂，让人爱怜。

"呀，是唐津陶瓷。"

文子说着抬头看着菊治，菊治也挨近了去看。

文子将茶碗放到榻榻米上说："这可是件上好的茶碗。"

这件唐津陶瓷，是可以用作茶杯的筒形小茶碗。

"凛然而结实，比那件志野陶好多了。"

"拿志野陶和唐津陶瓷比，不太合适吧……"

"可以的，只要放到一起就能比了。"

菊治也为这唐津陶瓷所吸引，将其放到膝上欣赏。

"把那件志野陶也拿来一起看吧。"

"我去拿。"

文子说着就站起身出去。当他们把两件茶具并排在一起的时候，两人的视线偶然地碰撞在了一起，接着又同时落在了茶碗上。

菊治的声音有些慌："这样并排着看，就是男茶碗跟女茶碗。"

文子也说不出话来,只是点头。菊治觉得自己的话引起了异样的反响。

这唐津陶瓷没有画彩,是素色的。在近似黄绿的青色中,带着些暗红色。形态则结实而气派。

"令尊连旅行都带着它,可想是多喜欢它。真的像令尊呀。"

文子没意识到,她说出了危险的话。志野陶茶碗,像文子的母亲。可菊治说不出这样的话。然而,这两只并排在一起的茶碗,就像菊治父亲和文子母亲的两颗心。

诞生于三四百年前的茶碗,有着健康的姿态,是不会诱人变态的。但它充满了生命力,充满了官能性。当菊治把自己的父亲和文子的母亲看成是两只茶碗,便觉得这并排的仿佛是两个美丽的灵魂。

茶碗是现实的,因此菊治也觉得现实中相对而坐的自己和文子,也是纯洁的。

在太田夫人头七后的第二天,菊治曾对文子说:两人相对而坐,也许是件可怕的事。然而,这种罪恶的恐惧感,难道在这纯洁的茶碗前被净化了吗?

"真美!"

菊治喃喃自语。

"家父虽然不是品格高尚的人,却喜欢摆弄茶碗这类东西,说不定就是为了麻痹他的种种罪孽。"

"啊?"

"就看这只茶碗,谁会想起原主人的不好。家父短暂的生命,不过是这只传世茶碗生命的几分之一……"

"太可怕了。死亡就在我们脚下！明知如此，我却不想为母亲的死亡所俘虏。我为此做过很多努力。"

"是啊，一旦成了死者的俘虏，自己就仿佛从这世间消失了。"菊治说。

这时，女佣拿来了铁壶等一应点茶的家什。菊治他们在茶室里待了很久，女佣大概以为他们是要点茶了吧。

菊治便向文子建议，就用这两只茶碗，像旅行一样，点一次茶。

文子温和地点头，说："在把家母的志野陶茶碗摔碎前，再把它当茶碗用一次，以表惜别好了。"

她从茶具箱取出圆筒竹刷，拿到水房去清洗。

夏令时节，日长夜短，现在天也未黑。

"就当是在旅行……"

文子用小圆筒竹刷，一边在小茶碗中搅着抹茶，一边说。

"既然是旅行，是住在哪里的呢？"

"不一定是旅馆，也许是在河边，也许是在山上。就当作在用山谷的溪水点茶，用冷水或许更好……"

文子从小茶碗里拿出小竹刷时，抬起头用一双漆黑的眼珠瞥了一眼菊治，马上又将视线转到菊治掌心正在转动的唐津茶碗上。就此文子的视线随着茶碗，移到了菊治的膝前。菊治也感到文子的视线跟了过来。

这次，文子把母亲的志野陶茶碗放在了面前，用竹刷刷刷地碰到茶碗的边缘。她停下手说："这个太难了。"

"这碗太小了，很难搅吧。"

菊治安慰道。可文子的手腕依旧在颤抖。当她的手刚停下，竹刷在筒状的小茶碗里就无法搅开了。

文子凝视着变僵硬的手腕，把头耷拉下来一动不动。

"家母不让我点茶！"

"哦？"

菊治突地站起来，抓住文子的肩膀，仿佛要把中咒的人搀扶起来。

文子没有反抗。

四

辗转反侧的菊治，等到木板套窗的缝隙射入第一缕光线，就走向了茶室。

庭院石制的洗手盆前的石头上，还散落着志野陶的碎片。他捡起了四块大片的，在掌心拼成茶碗的形状，但碗边的一处有个拇指大的缺口。

菊治相信这块缺口的残片还能找回来，于是在石缝里认真地寻找。可很快，他停了下来，抬头望向东边树林的上空，那里有颗闪闪发亮的大星。

有多少年没看到黎明的晨星了？

天空中飘浮着云彩，星光在云中闪耀，更显星星硕大。闪光的边缘仿佛被水晕染开了一般。

面对明亮的晨星，自己却在捡拾破碎的茶碗，菊治突然觉得自己太可怜了。于是他扔掉了手里的碎片。

昨天晚上，在菊治劝阻后不久，文子就将茶碗摔碎在了庭院的石制洗手盆上，摔了个粉碎。当她悄悄走出茶室时，菊治没有察觉，她的手中就拿着茶碗。

"啊！"菊治大叫了出来。

但菊治顾不上去捡散落的碎片，他必须支撑住文子的肩膀。此时的她，就蹲在摔碎了的茶碗面前，身子向石制洗手盆倒去。

"还会有更好的志野陶啊！"文子喃喃自语。

难道她是因为菊治会把它同更好的志野陶相对比而伤心吗？这句话，让菊治彻夜难眠，他整夜地品着这句话，越发觉得这话中包含着哀伤的纯洁。

等曙光初现，他就迫不及待地去捡碎片。可当他看到晨星时，又将捡起的碎片统统扔掉。

菊治抬头仰望，长叹了一声。

就在一瞬间，晨星躲进了云层。菊治久久地凝望天空，仿佛自己有什么东西被夺走了似的。那云层并不厚，却看不到晨星的踪影。天边低垂的浮云，几乎碰到城市的屋顶。一抹淡淡的红，越发地浓郁。

菊治望向扔在地上的碎片。

"扔这儿也不行。"他自言自语着，再次把志野陶的碎片一一捡起，揣进怀里。

把碎片扔掉未免太凄惨，何况他担心栗本近子也会来盘问。文子似乎是想不通才将其摔碎的，菊治也决定不再保存这些碎片，想把它们埋在石制洗手盆旁边。可他最终还是用纸将它们包了起来，放进壁橱，再次钻进了被窝。

文子究竟担心自己会在什么时候拿什么东西来跟这件志野陶

做比较呢？菊治疑惑地想，文子的担心究竟来自哪里？何况，无论昨晚还是今早，菊治再没想过拿文子同别人做比较。文子已经成为菊治无与伦比的绝对存在，成为他决定性的命运了。

在此之前，文子被他打上了太田夫人女儿的标签。可现在，他完全忘了这一点。

曾经，他觉得母亲的身体微妙地转移到了女儿身上，他为此而迷醉，甚至做过离奇的梦。可现在，这些已经消失得无影无踪了。

菊治终于从被长期笼罩的黑暗而丑恶的帷幕中钻了出来。

难道，是文子纯洁的悲痛，将菊治从这帷幕中拯救了出来？

文子没有反抗，是纯洁本身在反抗。

菊治就像坠入了被咒语镇住和麻痹的深渊，到了极致，反而摆脱了出来。就像是中了毒的人，在最后服用了超量的毒药，反而出现了解毒的奇迹。

菊治到公司上班时，往文子工作的店铺打了电话。文子是在神田的一家呢绒批发店工作。可文子还没有到公司，菊治却因失眠而早早地来了。

这时文子难道还在睡梦中？菊治寻思着，她会不会因为难为情，今天就干脆请假在家了？

午后，菊治又打了个电话过去，对方依旧说文子没来上班。菊治向店里人打听到了文子的住所。文子应该在给菊治的信里写了新的住址，可她却将信撕碎揣走了。幸亏在晚饭时，提到了工作，菊治才记住了呢绒批发店的店名。但他忘记问文子新的住址，因为仿佛那住址已经移入了菊治的体内。

下班后，菊治找到了文子租赁的房子，就在上野公园的后面。

文子不在家,是一个穿着水兵服的十二三岁少女来应的门。她似乎刚刚放学回家,走到门口又进屋了片刻,才出来说:"太田小姐不在家里,早上她说要跟朋友去旅行。"

"旅行?"菊治反问道,"她去旅行了吗?什么时候走的?说了要去哪里吗?"

少女退回屋里,站到稍远的地方说:"我不太清楚,我妈不在……"

这个眉毛稀疏的少女,仿佛对菊治有些惧怕。

菊治走出大门,回头去看这幢带着小院的不大的二层楼房,却无法判断文子究竟住在哪间房。

想起文子说的"死亡就在脚下",菊治的腿不由得麻了。

他掏出手绢来擦脸,可越擦越是没有血色。他依旧不停地擦,把手绢都擦得又黑又湿了。他觉得脊背上全是冷汗。

菊治对自己说:"她不会去寻死的。"

文子让菊治重获了活下去的勇气,她理应不会去死。

然而昨天文子的举止,却正是想死的表白。或许这样的表白,是因为她害怕自己与母亲一样,成为罪孽深重的女人。

"就让栗本一个人活着吧……"

菊治宛如对假想敌吐出了一口怨气,便急匆匆地走向了公园的林荫处。

彩虹几度

冬日之虹

一

麻子看见了彩虹，在琵琶湖的对岸。

列车驶过彦根，向米原奔驰。岁暮时分，车厢里一片空荡。

彩虹是什么时候出现的？好像是突然就浮现在了麻子眺望着的湖水上空。

那个坐在麻子对面的男人也发现了，把怀里的婴儿抱向窗前说："小千惠子，小千惠子！彩虹，是彩虹，看，彩虹出来了！"

从京都起,麻子就和这个男人坐在四人座的座位上。因为男人带着婴儿,所以这一厢实际坐了三个人。

麻子靠着窗坐,男人则坐在靠通道一侧。当列车驶过东山隧道时,男人就让婴儿躺在座位上,把自己的膝盖当婴儿的枕头。

"高了点。"

男人嘟哝着,又把大衣叠起来。

麻子有些担心,这个男人能把大衣叠成婴儿的褥子吗?可这男人叠得很好。他把大衣铺在婴儿身下,再让婴儿枕着膝盖时,高度就大体合适了。

婴儿被包在柔软的花毛毯中,不断地摇晃手臂,仰视父亲。

在乘车之前,麻子似乎就见到过这个独自抱着婴儿旅行的男人。后来相对而坐了,麻子就想,或许可以帮他点什么。

男人把婴儿面朝彩虹抱着,同时对麻子说:"冬天还有彩虹,真是太少见了。"

"是吗?"

面对这突如其来的搭话,麻子有些不知所措。

"不,不对。其实也不少见。"男人又开始否定刚才的话,"已经能看到米原了。北陆线是从米原划分的。那时候的线路和现在相反,是从金泽经过米原开往东京的。那次在列车上就见过几次彩虹。北陆线的彩虹可真多,而且都小巧可爱。出了隧道,见到大海时,那山上的彩虹就仿佛跨越在山岗和海滨上。那是三四年前的事了,都忘记是几月来着。但当时金泽飞着细雪,很冷,应该是冬季。"

麻子想:那时他也抱着婴儿旅行的吧。可她突然又醒悟过来,那时候，孩子还没有出生呢。

麻子不由得含笑说："看到彩虹时，总让人感觉是春天或者夏天。"

"是啊，那不是冬天的颜色。"

"你是从米原去金泽吗？"

"今天？"

"是的。"

"今天回东京。"

婴儿将两只手按在车窗玻璃上。

"婴儿能看懂彩虹吗？让她看……"

"嗯，怎么说呢？"男人想了想说，"不懂吧，肯定是不懂的。"

"她能看到吗？"

"也许吧。可……婴儿看不到远处的东西，即便是看到了，也不会在意。对她来说，没有看的必要。对这时候的婴儿来说，遥远的空间和时间，都是不存在的。"

"出生多久了？"

"已经满九个月了。"男人回答。

他把婴儿换了个方向抱好后，才接着说："有位大姐说，不能让小千惠子看彩虹。"

"哦，不能？那……这么小就能够跟父亲一起坐火车，看彩虹，我觉得是件很幸福的事。"

"可孩子记不住这些。"

"父亲能记得呀，以后告诉她就可以了。"

"好吧，以后孩子大了，应该会经常经过东海道的。"

婴儿看着麻子笑了。

"但不论她经过多少次东海道，能不能再次看到琵琶湖上的彩虹，就不知道了。"男子继续说，"你说的幸福，我也有同感。即便是我们大人，在年末看到这样的彩虹，也预兆着来年是个好年。幸福就要来了。"

"是的。"麻子也这样想。

看着彩虹，麻子的心也飞到了湖对面的彩虹那里，似乎想去到那彩虹之国。现实地说，是想到出现彩虹的对岸旅行。麻子经常坐火车经过这里，却从未想过琵琶湖对岸的事。东海道线的乘客很多，但去对岸的人却很少。

彩虹就悬挂在湖面偏右的地方，麻子感到列车好像在向彩虹奔驰而去。

"湖岸这边，有很多油菜籽和紫云英田，春季开花时出现彩虹，真的会有种幸福感。"男人说。

"那一定很美。"麻子说。

"但冬天的彩虹有点瘆人，就像热带的花开在寒带。或许，是因为彩虹的下端断开了……"

确如男人所说，彩虹从根部处断开了，只露出下端，上端隐匿在了云层。

雪云醉醺醺地散布在空中，遮盖着湖面。那云涌向对岸，低低的断裂处，在对岸形成明亮而光洁的边缘。微弱的阳光从云的边缘射向靠近对岸的水面。彩虹伸向光的边缘，仿佛被切断了一般。

这应该是个很大的彩虹，但由于只露出下端的一部分，就仅剩竖着的根部，仿佛直立一般。彩虹弓形的另一端，应该在很远的地方。

虽然说是根，但彩虹是没有根的，而是漂浮在水面。仔细看去，彩虹仿佛是从湖水中升起，又像是从对岸陆地上升起。彩虹的上端是消失在云前还是云中？看得并不清楚。

但这飘浮的半截彩虹却更加地显眼，麻子强烈地感觉，那华美的哀伤好像在呼唤云彩升天。

云彩也是如此，上部阴沉，对岸下垂的云脚却一动不动。此时像是受到某种强烈的诱惑，似要翻卷上来。

列车抵达米原之前，彩虹消失了。

男人从行李架上取下了旅行箱。里面装的几乎都是婴儿的东西，连尿布也整齐地一叠叠放好。还有粉色的换洗衣服。

看男人似乎要给婴儿换尿布，麻子便想帮忙："……我来好吗？"

她本来想说"帮忙"的，但感到这个词有些唐突，就没有说出口。

"不用，对小姐你来说……"男人没看她，"我已经习惯了。"

说着，他把一张报纸放在暖气管上，把新尿布放在上面。

"啊！"麻子佩服地赞叹了一声。

"我都习惯了。"男人笑了，"你也做过这个？"

"没有。不过在学校学习过。"

"学校？嗯……那地方呀。"

"我当然会做。我看别人做过。况且我还是个女人……"

"那，或许吧。现在……可真够受的。"

男人摸了摸暖气管上的尿布。

旅行箱上挂着"大谷"的名签。她想，大谷的确习惯了。

他在女孩儿的两腿间轻轻地擦拭了三四次。那里呈浅红色的。麻子把视线挪开。大谷接着将旧尿布揉成一团后，抬起婴儿的屁股，灵巧地垫上新的尿布，扣上了尿布外罩的纽扣。

"你做得真好。"

对面的乘客说。座席上能看见的人都看见了。

大谷用毛毯把婴儿包好后，将湿尿布装进了橡胶袋，又从旅行箱的一角取出个像大型化妆箱的东西。这是一个白铁皮箱，里面装着暖壶和有刻度的奶瓶。

旅行箱分为三个部分：一端是装着喂奶用具的铁皮箱，正中是干尿布和换洗衣物，另一端是橡胶袋。

麻子虽然佩服，却也觉得他有些可怜，便只是微笑着看婴儿喝奶。

"干这种丢人的活，让你看见了。"大谷说。

麻子赶忙摇头："不，我觉得你干得很好。"

"孩子的母亲在京都……"

"哦……"

是他们分手了吗？麻子也不便问这些。

大谷大约三十岁，衣着整洁，眉毛浓黑，刮过胡须的痕迹也很浓，从额头到耳际都是青白色。他抱着婴儿的手指上，长着黑色的毛。

看婴儿喝完了奶，麻子拿出颗梅干形的胶质软糖问："可以给孩子这个吗？"说着就递给大谷。

"谢谢。"

大谷接过糖,喂给了婴儿。

"这是京都的'小石头'吧?"

"对,是'君代的小石头'。"

嘴里有糖,婴儿的脸应该鼓起来吧?麻子一看,却没有见鼓胀。难道是吞了?麻子吓了一跳,仔细看,却并未吞下去。

二

"新年快乐!"东京下车时,大谷说。

这是岁暮的拜年,麻子觉得很中听,便答道:"谢谢!也祝你新年快乐!宝宝也是……"

麻子说着,眼前突然浮现出了琵琶湖上的彩虹。然而,这不过是跟一个外人的一般辞别而已。

回到家中,麻子说了声"我回来了",便问姐姐:"爸爸呢?"

姐姐百子却语气生硬地说:"出去了。"

"是吗?"

"不是早就定好了要出去的吗?"

麻子坐到火盆旁,有些疲倦地侧着身子,一边解着外套的纽扣,一边看着姐姐问:"姐姐也要出去?"

"嗯。"

"是吗?……"

麻子突地站起来,上了走廊。

"跟你说了,爸爸不在家……到房间里,也不在。"百子大声说着,追了过来。

"唉……不过……"

麻子的声音很小,百子没有听见。

打开父亲房间的灯,拉开拉门,麻子看到地板上的花,自言自语地说:"伊贺的白山茶……"

她走到壁龛前,看了看挂轴,还跟自己去京都前一样。变的,只有花。麻子又向父亲桌子上看了看,便离开了。寂静无人的房间,让她安心。

回到茶室,女佣正在收拾餐桌,像是姐姐一个人吃的晚饭。

百子抬头看麻子:"查完房了?"

"不是查房……"

"外出旅行归来,却发现家人不全,扫兴了吧。"百子沉稳地说,"去换件衣服,洗澡水准备好了。"

"好的。"

"看你,直愣愣的,是累了吧?"

"火车很空,坐得还舒服。"

"哦,坐会儿吧。"百子笑着给她沏了壶茶。

"既然今天要回来,不能打个电报说一声吗?这样,父亲也许就会在家中。"

麻子默默地坐下来。

"爸爸四点左右出去的,现在都没回来,也够晚的了。"百子说。

麻子突然眼睛一亮,说:"哟!姐姐,把后面的头发绾起来了?让我看看。"

"不,不要。"百子按住自己的脖颈。

"喂,让我看看嘛。"

"不要。"

"为什么?什么时候开始留这种发型的?快,转一下,让我看看。"

麻子一下子转到了姐姐身后,一把抓住姐姐的肩膀。

"不嘛,多难为情。"

百子的脖颈都红了,但很快又觉得自己害羞过度了,努力装出满不在乎的样子,镇定下来。

"脖子上头发短了,会不会很怪?不适合是吧?"

"怎么不合适,很漂亮呀。"

"不漂亮。"

百子缩了缩肩膀。她想起那个少年,总是喜欢掀起她脑后的头发,吻她的脖颈。今天为了让他更好地亲吻,她把那里的头发绾了起来。那个少年应该记得,他吻她的脖颈吧?

百子的脸红,正是因此,但妹妹却不知。

麻子很难见到姐姐的脖子,现在姐姐将头发绾起来,给人一种新鲜感,使脖颈更显细长。她脖颈正中的凹陷处似乎比一般人更深,这让姐姐看起来柔柔弱弱的。

麻子想将姐姐脖颈上的散发也拨上去,可手指刚触到脖颈,百子就"啊!"地叫了出来,肩膀瑟瑟发抖。

这样的颤抖,与被那个少年嘴唇触碰的颤抖很相似。

妹妹吃了一惊,赶忙收回手。百子却纠结起来。这个将头发绾起的秘密,让她觉得在妹妹面前不愿跟那少年约会了。她变得焦躁不安,觉得妹妹很是讨厌。

"麻子,你从京都回来,是有什么话想对爸爸说吧。"百子转过身来,"我都清楚,就不要隐瞒了……到出嫁的朋友那里去的话,是在撒谎对吧?"

"不是呀。"

"是吗?如果不是撒谎,那你去朋友那里,就是另有目的的了。"

麻子低下了头。

"你就说吧,跟我说好吗?"百子语气缓和,"你去京都,找到妹妹了吗?"

麻子吃惊地看着姐姐。

"找到了吗?"

麻子轻轻地摇头。

"没找到?"

麻子点头。

"是吗?"百子避开妹妹直愣愣注视的眼光,真心地说,"没找到,我觉得,反而是幸运。"

"姐姐!"

麻子叫了声百子,眼泪夺眶而出。

"麻子,怎么了?"

"我因为这个去京都,爸爸并不知情……"

"真的?……"

"真的。"

"那……你要知道,爸爸的洞察力很强,如果连我都知道的话……"

"爸爸对姐姐说了什么吗?"

"怎么可能？你真傻。"百子看着麻子，"别哭了，多不好。"

"嗯。我原本不打算告诉爸爸的，现在不如说好了。连姐姐也没说，是我不好。"

"其实，说不说，无关紧要。关键在于找妹妹这件事，是好还是不好，对不对？"

麻子看着百子。

"你是为谁去的京都？为爸爸，为我们，为你的母亲，还是为那个妹妹？"

"谁都不为。"

"或者，你感到在道德上有责任？"

麻子也摇头。

"那……权当是你的多愁善感好了，就放到一边，不管它吧。"百子继续说，"你去找她，是你的爱。所以找得到也好，找不到也好，这爱，那孩子领会也好，不领会也好，仅从你有这样的爱来看，无论对你还是对她，都是好事。今后，无论什么时候再见到她，这爱就会表现出来。我是这样认为的。"

"姐姐。"

"等等……但你要知道，每个人游泳的方式是不一样的，要在适合自己性情的水池里才好。你专程去找人，只是稀里糊涂地接触，京都那孩子是不会当回事的。迟早，兄弟姐妹都会成为外人的，那样或许更好。我想，你就任她自己谋生算了。你自己好好想想吧。"

"但，爸爸是怎么想的呢？"

"是啊，这就是他自己为难的时候说的。"百子扑哧一声笑了出来,"通晓了人类的历史,思考了人类的未来,这些都会包含在他思想所能达到的深度里吧。"

麻子点了点头。

百子观察着麻子的脸色,小心地说:"你妈妈去世之前,似乎挂念那孩子,所以你才去的京都吧。"

麻子猛然一震。

"那……不知是不是你妈妈的本意。你妈妈是个真正和善的人,即便是别人的孩子,她也毫无隔膜。如果那孩子能回到家中,她一定会允许的。否则,死去的她会觉得很委屈,这一点在她心底也不一定没有。你如果想让你妈妈成为好人而去京都,就糊涂了。"

麻子突然抽泣起来,继而捂着脸倒地大哭。

"别说了……姐姐要出去了吧?"

麻子的肩膀一抽一抽地哭着。

百子斥责说:"别哭了!你这么哭,我还怎么出去。"

"姐姐。"

"让我走吧。虽然这样对不起你……你去洗个澡。好了,你现在就去洗澡,我要出去了。"

"好,好的。"

麻子一边哭,一边左摇右晃地走出了茶室。她紧紧地抓住浴池的边缘,一边哭,一边听到百子出门的响动,热泪盈眶。

她突然想起母亲的日记。百子口中的"麻子的妈妈",并不是百子的生母。其中一则日记中,抄录了父亲关于百子的一段话:百子之所以接二连三地爱上少年,是因为最初上了男人的大当,还是因为曾在学校沉溺于同性恋呢?或者是她的女性特征有什么缺陷吗?

母亲这样写,仅仅是怀疑,她和父亲都不知道答案。

"因为现在是引诱美少年也很容易的社会啊。"

日记里,还抄录着父亲这句不知是戏言还是真心的话。

"接二连三"这个词,也许是父亲或母亲的夸张,但百子接触的美少年,麻子就见过三个。

回想起母亲的日记,让麻子因恐惧和羞耻,而止住了眼泪。

梦的印记

一

　　旧时的王府，旧时的贵族、财阀的宅邸，于战后成为旅馆，在热海尤为常见。

　　椿屋，以前就是王府的别邸。那位天皇的弟弟，曾经当过海军元帅。

　　"那里，不怎么像旅馆的房子前面。对着这边有两个旅馆的牌子吧……"

麻子的父亲在距离椿屋不远的地方，指着车窗外说。

"这边是过去的王府，那边是过去的侯爵公府……听说那位是由皇族降为侯爵的，后来在战争中腿受了伤，现在以战犯的身份在接受劳动刑罚。"

父亲在椿屋的门前下了车，稍微站了会儿，看向四周。

"过去，我经常在这里散步。那时我总是从门缝偷窥王府，却不能进去，因为门总是关着的。"

这条路不仅去往来之宫和梅园，还通往十国山。

左边的小山沉浸在黄昏中，从黝黑的小松林中升起了白色的蒸汽。灰蒙蒙的暮色中，唯有这蒸汽在飘动。

"这山上，有藤岛财阀本家的别墅。想不到吧，这里面还有房子。建筑完全被遮蔽在了山中，从任何地方都看不到的。"父亲说，"听说是要通过一条隧道才能去……据说那隧道有厚实的铁门。那是战时……应该是担心暴动。"

这条路伸展向半山腰，椿屋就依山而建。在路上看，主楼似乎是二层，但如果从庭院看，却是三层。

"你们订的是田园房，那里很肃静。"

管家说着，引着他们离开了庭院的石板路。

"那是什么花？"麻子停下来问。

"是樱花吧。"管家说。

"樱花？寒樱？……都不像呀。"

"唉，是寒樱。今年是一月底开的，早落光了。"

"爸爸，这是什么樱花？"

麻子看花的时候，父亲也在回想。

"是什么花？没想起来。不过，应该属于寒樱的一种吧。"

"哦，这种樱花，是先长叶子后开花的那种。"管家说，"花朵是向下的，开的时候不怎么精神。"

"是吗？……那不就像海棠了。"

确实，就像麻子说的那样，这种略带红色、花簇柔软、先长叶后开花的樱花，很像海棠。二月初的晚阴天气中，夹在花朵中的嫩绿新叶十分惹人怜爱。

"哎呀，水池里有鸭子！"麻子新奇地叫起来。

"我知道隔壁的伊贺侯爵府的水池里，也有墨西哥野鸭。现在不知怎么样了。"父亲说着。

他们看见，池水的对面，有樱花还在开放。那里有一个好似半浮在池上的独立房间，是间茶室。管家说，那是财阀成田当男爵时建造的。

"如果没有客人的话，很想去看看呢。"父亲说。

麻子的父亲水原常男，是一名建筑家，当战后那些富贵之家变成旅馆或餐馆时，他都会带有相当的兴趣和感叹去参观。

在逗子，天皇的弟弟家变成了旅馆；在小田原，藩阀和军阀的元老山县公的别墅也成了旅馆。这样的例子数不胜数。

但由于这些地方原本是住宅的构造，变成了旅馆或者餐馆，有些地方难免会不合适，或者不方便。水原就曾接过关于此类房屋改造的洽谈。

就拿椿屋来说，正房加上田园房和茶室，只能容纳八对客人。相对而言，庭院就非常宽敞了。

麻子对田园房中那带着温泉间的客厅充满了兴趣。

"真安静。就像到了乡下人家一般,肃静而亲切……"

"是啊。都没有怎么装饰,很干净利落。"

这是把一所农家房屋搬移过来改建的,里面没有任何故弄玄虚的痕迹。

"很自然平和……"麻子环视了一圈说,"呀,连横楣也没有做装饰。"

一个八张榻榻米大和一个六张榻榻米大的房间,用木门隔开,木门上镶着约二尺高的拉门。南边和西面的门有一半用的是齐腰高度的纸隔扇,而不是玻璃。拉门和天花板裸露的木头都涂成了浅黑色,让一百瓦的电灯也显得有些昏暗。只有壁龛的立柱和壁龛板有些不同。榻榻米的席面用的是粗料,也许是为了搭配风格而故意为之。

水原换上了和式锦袍,走去看茶室,麻子却没时间换。

那间独房由六张榻榻米大的房间和四个半榻榻米大的茶室组成,另外洗茶器的地方便是厨房,还有一间浴室。

"这里也能住呀。"

水原说着,走到了外面。他一直向前,站到桥上去仰望作为正房的洋房。这里的房屋和庭院,跟水原曾经窥探的王府已经完全不同了。

庭院边缘的平地上,有一只漂亮的狗和它的狗窝。

"哇,这秋田犬长得不错呀。"

水原走过去摸狗的头,那条大狗就站起来抱住水原的腰,似乎是这狗的习惯。

它有着浅黄色的毛,竖起的耳朵和卷起的尾巴是略深的茶色。

水原捏住狗耳朵，抱着它松软的脖子，感到一股活生生的美涌入心田。他觉得这杂乱无章、充斥着丑陋的临时建筑的热海街道，配不上这条秋田犬。

"哇，有春天的芬芳，瑞香花……都开了。"麻子的语气里，仿佛蕴含着幸福的芬芳，"那边红梅的下面，南天竹的新芽是红色的。八重红梅是不是开得很晚？"

"是啊，白梅应该都凋零了吧。"

"好像是绊桃，是真正红梅的颜色。"

一个时常被困于家中的女人，一次小小的旅行就会让她很快活舒畅。跟家里人一起出来，不仅放心，更是美好。水原记起妻子是这样的，女儿麻子也是这样。

麻子在一棵小树上发现了一颗柠檬，便叫道："呀，好可爱。"说着还轻轻地触摸。

柠檬只有一个，又小又青。

"以前我去隔壁伊贺侯爵的庭院时，正值金合欢花盛开的时节。那是几月来着？我记得一进院子，就有白孔雀在草坪上散步，水池边有两三只墨西哥野鸭。那些野鸭怕冷，所以都无精打采的。冬天应该是飞走了吧。说是水池，其实也是露天浴池，而且还是温泉，里面养了天使鱼。那时很流行养热带鱼，百货商店也会卖。侯爵就试着在温泉中喂养，居然成功了。那些鱼都长得很大。现在，金合欢花已经不稀奇了，但在那时，我却是第一次见到。侯爵很有雅兴，宽阔的浴池边，还有各式各样的热带小鸟在飞来飞去。"

"哇！"

"他对热带非常感兴趣。浴池中冲洗的地方，铺的都是从亚马孙河运来的石头，是特意为建造浴池而运来的。"

父亲说着，向侯爵府邸走去。

麻子诧异地问："亚马孙河？"

"是的。那是一条巴西的河。那些都是红石头，放在池底，就像是被热带的鸟粪蒙了一层似的。有一面墙壁旁，栽种着大排的热带植物，青翠欲滴，还开了花。浴池向庭园的一面，安的全是玻璃，虽然不是透明的，却让浴池极为明亮。这是一个天棚很高的大厅，还摆放了椅子。这里，完全可以进行裸体运动，或者自由躺卧，在此之余，才进到浴池稍作休息。这种做法，跟一开始就腼腆害羞地蜷缩在浴池完全不同。所以我们这些性格内向的日本人，也不能羞涩地慢腾腾地进去。"

在椿屋主体的右侧，白色的侯爵府邸映照在黄昏的残阳中。

"以前的白色更为明亮，从远处看很是显眼，以至于成为空袭目标，而轰动一时。这建筑的风格就是这样孑然突兀，旁若无人地张扬，就像是一个暴君或者叛逆者的建筑。据说，当侯爵从西方一回来，就把整个府邸的树木都拔了，把庭园石都挖了，全搞成了草坪。虽说上一代主人也不是什么风雅之人，但侯爵却把一个日本庭院变成了西洋风格，连房屋也毫不留情地毁了。侯爵似乎要把这个热海的别墅变成热带风情，为此把温泉的热水引到地板下和墙壁里流动，以维持室内温度在最佳的七十华氏度。结果墙壁因出现了裂缝而毁坏了。这还是对建筑材料研究得不够的缘故。虽然说得这么好，但我去的时候，一进屋就闷热得不行，很不好受。"

"有七十华氏度？"

"啊……也许吧。据说即便在寒冬，侯爵在里面也只穿着一件衬衣，跟打字员口述稿件。那两个打字员是第二代美籍日本人。那些论文也都是英文口述的，是寄给外国学会会报的。"

"哦，是个学者？"

"是的，是动物学的学者。侯爵有时会到热带猎杀猛兽，还乘坐轻型飞机访问过埃及。他作为日本贵族，在国外的知名度比在国内高。这是个不能在狭窄潮湿的日本生活的人，即便这个热带风情的府邸，也是对日本风土的叛逆……"水原略作停顿后说，"当然，现在都衰败了。"

他仰望着圆形塔尖屋顶的房屋。

"上次我去时，还看到一只活着的蜂鸟。原本是两只，有一只死了……"

"是那种翅膀扇动起来快得几乎看不见的小鸟吗？"

"是的。"

椿屋的照明灯亮了，从上方照亮了庭院。

水原就此走了回来，说："二楼的卧室我也看过。那些漂亮的床和各式化妆品都让人惊讶。更让人惊讶的是鞋，床边的帘子里是鞋架，摆着四五十双夫人的鞋。夫人是在美国长大的第二代美籍日本人，完全是美国做派。所以卧室跟浴室都是日本人想象不到的，那半月形的宽大窗户，是由整块玻璃做成的，既明亮又华丽……"

说着，他又聊起了美国风格的厨房和洗衣间。

他们从茶室前走过，又走过了水池的小桥。

"啊……我想起来了。没错，那樱花叫红寒樱。"

水原笑了。

二

"我给您搓背吧。都多久没给爸爸搓过背了……"麻子洗着自己的前胸说。

父亲泡在水里,枕着澡盆的边沿。

"是啊,你小时候,连脚趾缝都让你洗。你记得不?"

"怎么不记得。那时候,我可不小了。"

父亲闭着眼睛说:"我现在考虑的是,想给你建座房子。"

"啊,我的房子?……"

"是的。"

"我的房子,和谁住的房子?……是我一个人住吗?"

麻子洗着身体,说得很轻松。父亲的思路,却因此被打断了。于是他开玩笑地说:"想住在一起的人,还没有吗?"

"没有啊。"

女儿突然看着父亲。

"嗯……你一个人住也可以,不住也可以。那是你的房子,很好办的。爸爸是个建筑家,即便是个小房子,也想把它作为遗嘱一样的名作留给自己的女儿。"

"遗嘱一样的房子?"女儿问道,然后使劲儿地摇头,"讨厌那样的……"然后进到澡盆说,"我冷了。"

"没关系。就像我平时说的那样,在不能如意的人世间,没有比建筑更不自由的艺术了。无论场所、材料、用途、大小、经费都要受限,房主还有随意的要求。还要考虑木匠、泥瓦匠、家具匠的手艺……能像伊贺侯爵那样任意而为的房屋,我可能一座都没有建过。所谓的遗嘱一样的东西,就是能够按自己的想法建造房屋。作为搞建筑的人,能按照自己的想法……这是很少有的。"

看着女儿的身体,父亲在心中赞叹。一瞬间,父亲想起了庭院的那只秋田犬。虽然把女儿和狗联系在一起不怎么好,但都是生命所散发的美。当然,女儿的美,是秋田犬所无法比拟的。

秋田犬被拴在狗窝,因为动物不能自己建造房屋。鸟儿能建巢,还比人类的自然很多。水原不想破坏或丑化自然,而热海街道的建筑,简直就是丑化自然的标本,而且已经到了无可挽救的程度。就像是科学进步增加了人类的悲惨,现代建筑又是否增加了人类的幸福?这很值得怀疑。这种怀疑,于水原已不是新鲜事了。

其实,当今的建筑能否像往昔的建筑那般,成为一种留给后世的美,世界建筑家都对此心存怀疑。

但对于女儿身体的惊叹,水原考虑的是:这样美丽的身体,是否能居住在与之相称的美丽房屋中呢?这种怀疑突然而生。他同时也为自己的这种怀疑而惊讶。

作为建筑家,他似乎早已忘记了身边既有的美好和所爱之物。即便水原因家被烧毁,居住在临时敷衍的房间。

但不可否认的是,与女儿美丽身体相称的衣服、房屋,是人类无论如何制作不出来的。像动物那样赤身裸体地在野外生存,才是神创造的美。建筑新的思考,某些出发点或许时常源自于此。

建筑家水原已有多年没跟麻子一起洗澡了。现在,他饱含着父亲的感情和爱,考虑如何为美丽的女儿建造舒适的房屋。至于这房屋是给女儿和谁居住,父亲并未考虑。

跟女儿在狭小的家庭浴池中,总还是有些不方便。父亲一边遮蔽自己的身体，一边涌出了青春已逝的想法。所以遗嘱这样的话，才会脱口而出吧。

父亲先从浴池出来回到房间，发现一小枝瑞香放在桌上。这是女儿折回来的。

刚才，父亲以为女儿会欢呼雀跃，但他自己也为自己的想法感到奇怪。

二楼的客人在轻唱着新内派"净琉璃"《尾上伊太八》。三弦琴弹得很好，艺伎应该也不年轻了。

麻子也从浴池出来，对着镜子化妆。父亲对女儿的姿势感觉很新奇。

"爸爸，"女儿对着镜子叫他，"爸爸对我说的，究竟是什么意思？"

"哦？……"

"爸爸对我说了些话，就把我带到这儿来，让我有些不安。"

父亲沉默了。

"刚刚爸爸说像遗嘱一样的房子，是几座？两座，还是三座？"

"什么？"

"如果是为我和姐姐建房子，就是两座。但京都不是还有个妹妹吗？"

父亲的眉头皱了起来。这时女招待送来了可口的晚餐。

麻子回到火盆旁，趁摆放菜肴的工夫，摆弄着瑞香。那枝瑞香是短筒状的花，内侧是淡淡的粉红色，外侧的粉红中带着些紫。

父亲坐在一旁，看着女儿与瑞香。

三

早晨，晴朗的锦浦方向，大海闪闪发光。

"昨晚你有听到秋田犬在半夜叫吗？"父亲问。

"不知道。"洗过澡的女儿坐在镜子前。

"不愧是秋田犬，那声音浑厚有力……"

"是吗？"

父亲又开始聊伊贺侯爵："侯爵曾经是贵族，但他的特殊待遇在战前就停止了。那些骄奢淫逸，真是有伤贵族的体面。但他觉得反正战败了，爵位跟财产都会被废弃、被没收，就干脆为所欲为地把家产都挥霍掉。现在，似乎有些后悔了。"

以前，水原曾为侯爵府邸的茶室式建筑和茶室所吸引，让他怀念那时的年龄。现在他住在相邻的侯爵公馆，不由得联想到伊贺侯爵的过去，以及自己的生活方式。

原子弹爆炸、氢弹爆炸，也是建筑家所遭受的命运。

"抛弃这个家，抛弃那个家。"这佛家语在水原的头脑中反复出现。

他们走出椿屋，在街上散步，又坐上去元箱根的游览大轿车。他们翻越十国山，到了箱根山，游了芦湖。他们看到了双子山、驹岳、神山上的白雪。

他们从箱根的集市走向箱根神社。在小杉树林行走时，水原问山中旅馆的管家："这一带的梅花开了吗？"

"还没有。这里比热海低十度左右。"管家答道。

这里说的山中旅馆，是藤岛财阀本家的别墅。别墅门前，有仆从等候主人的地方，有车库和停放游艇的地方。但当他们被领进屋时，却看到了出乎意料的简陋。

"这真的是山中小屋。应该是职员的宿舍吧。"水原说着，往被炉里靠了靠。

这里没有玻璃窗，只有纸拉窗，窗外的廊道很狭窄。入口和相邻的房间用新杉板门隔开，原本也应该是纸糊的拉门。

到客厅用茶时，感觉客厅应该是新建的。问女招待，才知道这里原本也是西洋建筑，但在去年三月因失火被烧了。水原这下理解了。

藤岛家的梦的印记被烧掉了。

他们欣赏着数万坪的庭园。走过石楠田园，看到茶室，前面则有一片宽阔的杜鹃花花园。穿过杉树林，是一个稍高的草坪，伞状的杉树下有长椅，有一个写着"一棵杉"的标牌。

管家指着湖岸的方向说："那是四棵杉，草坪是羽毛球球场。"

"呀！姐姐？"

突然，麻子低声地喊起来，但马上为了压低声音而捂住嘴，将手抬到了胸前。

"不要喊，我们看着。"

父亲也压低了声音，颤抖着说。

那并排着的四棵杉树下的长椅上，百子正依偎在一个少年的肩头，凝望着湖水。

当水原被引领着参观独房和田园房时，心已经静不下来了。

那田园房的标牌上写着"六百年前飞弹高山之家"，但英文写的却是"七百年"。

水原笑了:"对外国人,还有一百年的虚岁呢。"

"据说,在这个田园房,藤岛先生能向顾客提供真正的农家菜。"管家说。

据说,这个田园房连马厩板上的马粪都没有清理,就原封不动地移来了,房间都保持了原样。但他们发现这里的屋顶大多坏了,能透过屋顶看到神山的雪。水原感到有些冷,麻子的脸色也很苍白。

这一晚,他俩很少交谈。

父亲想,百子可能是避开了汤河原、热海,又躲过了箱根的温泉场,专门到这个冬季顾客最少的深山旅馆来。

由于百子和麻子不是一个母亲所生,所以并不相像,旅馆也没人注意到她们是两姐妹。

昨天父亲说要去热海,百子也应该没想到他们会如此深入箱根。

百子从后面拥抱着少年,少年却没有拥抱百子。

"你哭什么!"少年阴沉着脸。

百子也有些倦怠地说:"没有呀。"

"眼泪都滴我脖子里了。"

"是吗?那一定是因为你太可爱了。"

少年想动一下身体,转动一下。

"不,不要动……"百子望着牡丹色窗帘,小声地说。

百子和少年的房间,父亲和麻子的房间,就分别在门口交款台的左右两边。这里的日本式房间稍微做了些洋化,房间里放的是床。

火焰的颜色

一

等早饭的时间,外面传来了汽艇声。麻子不由得看向父亲。

"应该是取配给物品的吧。"父亲说。

昨晚两人都看到取配给物品的汽艇回来。当时外面火焰的颜色在黄昏微微发亮的拉窗上摇曳,麻子拉开窗,见旅馆的人正在烧已经枯黄了的草坪。火不断地扩展,如蜉蝣般短促地燃烧,成为一个不断扩大的火环。

静悄悄的芦湖对面，落日的余晖形成了一条清晰的线。上面的山，隐没在茫茫的暮色中。没有晚霞。

透过树间的缝隙，可以看到汽艇在行驶。

"哎呀，这么冷的天，还有人坐汽艇呀。"麻子说。

庭院中的工作人员也看向湖面，说："配给回来了。"

"用汽艇取配给？"

"陆地运输很困难，汽艇就是这村子的上帝。"

岸边的树丛间，有朦胧的薄暮。一只小船在薄暮中滑动，似乎是个衣着朴素的女人在划船。

"我也想试试，这样用小船去领配给，去买东西。"

麻子有些不安地说。

"外面冷，关上吧。"父亲说。

火焰的颜色，再次摇曳在拉窗的下端。

今天早上，麻子再次忐忑起来，汽艇的声音也无法让人静心。

"还是配给？昨天是划桨的小船吧？今天用的是汽艇呀。"

麻子没有听父亲的，偷偷把拉窗开了个缝。她确认姐姐没有到旅馆庭院，就拉开了窗。

汽艇是向湖尻方向驶去的。本来，它应该向富士山倒映的湖中驶去，但富士山被云遮住了。

昨天的小船仿佛是沿着河岸，在树丛间穿行。而今早的汽艇，却像在掠过岸上的树梢，向湖心疾驰。

"是姐姐。果然是姐姐。那不就是姐姐吗？……我就知道会这样！"麻子抓住拉窗，"她和那男孩儿两个人去的。爸爸，这么冷的天，一大早去湖里，姐姐是疯了吧。"

湖水静得连一丝细小的波浪也没有，只有汽艇在其上制造出的长长水尾。船尾，百子依偎着那少年。对岸的山上，有些地方出现了细细的雪线。

"爸爸……"麻子回过头叫道。

父亲避开女儿的眼神说："把拉窗关上。"

"是。"

但麻子还是在目送汽艇远去。

"麻子，给我把窗户关上！"

"是。"

女儿有些发愣，回到了被炉旁。

"怎么啦，爸爸？"

父亲却在沉默。

"我们不管姐姐好吗？那样行吗？……听着汽艇的声音，我的心就扑通扑通地跳。昨晚，我也没睡着。"

"好像是吧。可我刚刚想在这儿把百子抓住……"

"什么？爸爸是想，在哪儿抓住姐姐？"

"也许，我是抓不住百子的。昨天，不对，是前天。我说要给你建房子，你说也让给姐姐建一座。"

"嗯。京都还有个妹妹。所以我问的是：建两座？三座？"

"嗯……"父亲含糊地说，"即便给百子建了房子，她也不能去住。"

"为什么？爸爸建的遗嘱一样的房子，为什么姐姐不能住，只有我能住？您为什么这么想？"

"我很难回答这个。或许，是我和你妈结婚的缘故。"

"那……"麻子摇头,"讨厌,那事……我觉得很讨厌。爸爸这样不就太偏心了吗?"

"的确,是偏心了吧。"父亲点了点头,然后似乎在自言自语,"我谈过两次恋爱,结过一次婚。我收养了第一次恋爱所生的孩子,却没有收养第二次恋爱所生的孩子。我即便不说,麻子你也知道对吧。"

麻子突然一滞,说不出话来。半晌后,才问:"后面一个孩子,为什么不收养?是因为我妈妈吗?"

"不。之所以收养第一个孩子,是因为她母亲死了。自杀而死。"父亲像吐出了一口毒气。

女儿因睡眠不足的双眼皮,弯出了美丽的线条。

"爸爸虽然让三个女人生了三个女儿,但真正的孩子只有麻子我一人吗?"

"哦,那……你能说出这话,真是难得。"

"爸爸真可怜。"

"无论是生活在一起、分开还是舍弃,或者送到别处,孩子就是孩子。既然出生了,父女的血缘始终无法割断。"

"但无论做得多好,继母终究是继母。不是吗?我觉得妈妈真可怜。"

"是的。但孩子一般不懂得可怜爸爸妈妈的。随便觉得别人可怜,或许是这个人本身就可怜。"

"这都是爸爸的错。"

"是啊,是这样的吧。但人的命运是不同的。"

"那……您是说,姐姐乘坐的汽艇,就是她的命运之船了?

已经没有办法了吗？"

"不。只是，百子真的对那男孩用心吗？"

"我不知道。"

"我觉得，或许她并不真诚。她继承了她母亲的性格，是个始终满怀真诚、自信、勤勉的女孩儿。但对这个男孩，却是在草率行事。"

"草率行事？姐姐好像很认真呀。不过，姐姐现在有两个男孩。爸爸……她今天带的这个叫竹宫。同时跟两个人一起，真让我看不明白。"

麻子有些难于启齿，只得羞涩地耸了耸肩。

父亲吃了一惊，说："确实不真心。如果不找到百子心中真正的伤痕，她就不会停止这个危险的游戏。麻子，你没有想到这一点吗？"

"姐姐心里的伤痕？……如果不是对着亲生母亲，恐怕很难说出心里话吧？"

"更重要的是，百子很刚强。"父亲岔开话头，"她之所以做这样危险的游戏，是因为有伤疤在作痛。我甚至怀疑，她或许是用这样的方式来慢性自杀。"

"自杀？姐姐？"

麻子被吓得发抖，赶快竖起耳朵聆听。

"听不见了。汽艇的声音没有了。爸爸，姐姐不会是去跳湖的吧？会不会去殉情呀？"说着，她踉跄着打开拉窗，"天啦！爸爸，汽艇不见了！"

父亲也打了个寒战，但还是说："应该不会，只是开到较远的地方了吧。"

"远处？哪儿呀？"麻子向湖尻方向望去，"没有呀，什么都没有。我们还是到湖岸去找找吧。"说着，就蹬上木屐跑了。

昨天草坪上燃烧的灰烬，在麻子身后轻轻地扬起。

二

沙沙的落雪声，轻轻地敲打在拉窗的窗纸上。由于没有玻璃，雪的气氛更容易传进屋子，顿时让屋子变得沉寂而冷清。

午前就听到了沙沙声，打开拉窗时，雪下得正紧。

对岸的山隐没了，湖面被雪笼罩，岸边的树丛上挂着白雪，草坪上的雪已积了一层。

水原想，如果再不回来……

"等姐姐他们回来了，我们再出去。否则万一碰上了，爸爸也不想吧，姐姐也会因此惊慌失措的。"

听到麻子的说法，父亲只有苦笑。

"我们这样不太好吧，像藏起来了似的。"

"是啊。可爸爸只带我一个人出来，对姐姐也不好呀。"

待在被炉里的水原，感到后背发冷。他呆呆地等待百子回来，不由得想到，他的三个女儿都很像她们自己的母亲，连生活态度都很相似。当然，她们也像父亲，耳廓、腰姿、脚趾都像父亲。在像母亲的面容中，又融入了父亲的五官，实在微妙。

即便是同一个母亲的孩子，每个人也是既像父母，又各不同。而水原的三个女儿长得更为不同，不同的母亲和相同的父亲都呈现在她们脸上，更加不可思议。

水原让三个女人生了孩子，或者可以说有三个女人为他生了孩子。现在他已经到了不能生育的年龄，但回想这些往事，心中却未必都是痛苦与悔恨。

不仅如此，他甚至还能感觉到女人的生命和上天的恩宠。最重要的是，这三个女儿美丽、自立。她们是无罪的。

百子和麻子的母亲，都已去世。这两个女人，各自留下了女儿和对水原爱的记忆，除此之外，还留下了什么呢？她们和水原都曾为爱而痛苦，而悲伤。但对水原来说，她们都成了遥远的过去，已然完全消失。

三个女儿也为自己的出生和父亲的过去而痛苦。但水原相信一点，那就是女儿们对他的爱。

对于阅历颇深的水原来说，人所感受的喜怒哀乐，无论是如何深刻的真实，都值得怀疑。那些，不过是人生河流的泡沫，或者微波。

但是，京都那个女儿的母亲，与水原和另两个女人的关系不同。她在为水原生下孩子之前，就已经有了和别人生下的男孩。今后，或许还会生别人的孩子，而且她还活着。百子的母亲和麻子的母亲，却是把水原当作唯一的男人而死去。

但即便京都的女人那样，她、女儿、水原之间，也没有憎恨，甚至可以说还在内心蕴藏着相互依赖的爱。

水原知道麻子到京都去找了妹妹，便把麻子带出来，想跟她说说妹妹的事。可在热海，因麻子先走而未说。现在在箱根，又因百子的事而未说。

然而当父亲想说京都女儿之事时，如果麻子已经有所了解，他又觉得可以不说了。

三个女儿的母亲，只有麻子的母亲与水原结婚并一起生活。妻子纯子死后，就只有京都的女人还活着。

麻子会怎么想？……水原感到有些拘谨，由此对京都女儿的事，更觉难以启齿。

去京都找妹妹的麻子会不会也想见一见妹妹的母亲呢？

京都的女人还活着，于是当水原听到雪的声音，便对她生出了思念。

"麻子，别在这儿睡，会感冒的。"水原晃着麻子。

麻子抬起已经发红的睡眼，她刚刚就在被炉上趴着自己的胳膊睡着了。

"姐姐，还没……姐姐，是不是眼不见为净？难道，你的心里现在反而平静了吗？可爸爸的心也不痛快呀。"

"这雪下得，应该回不来了吧。"

"姐姐现在应该在旅馆吧，而不是在大雪天死去吧？"

"怎么又……"

"刚才，我是真的认为她去殉情了。爸爸提什么自杀，多糟呀。"

水原想起百子的母亲，她便是年纪轻轻地自杀了。他不由得轻轻摇头。

三

竹宫将劈柴一根根地放进火炉。

他背对着百子,像背台词般说:"我想起轻井泽的白桦劈柴了。"

百子看着外面的雪,说:"你在轻井泽有家吗?"

"有啊。"

"想起自己的家,会觉得悲哀吗?"

"不,一点都不。"

"是吗?"

少年蹲下身子,拨弄炉火。

"白桦可不是好劈柴。"百子说。

"可火很好看。能烧就行了。"

"那也是。毕竟不是煮东西,也不用烧开水……"

"白俄罗斯姑娘也亲过我。"

"啊呀!还有比我先亲小宫的?"百子转过身对着少年的后背,"这可是大事,疏忽不得。她都亲哪儿了?"

少年不语。

"后来,小宫又亲她的哪儿了?在火炉燃烧着白桦劈柴的山中家里……是怎样的女孩儿?是面包铺的女儿?呢绒店的女儿?多大了?喂,跟我说呀,不说可是不行的。"

"今天晚上再说。"

"今天晚上?小宫,你是想住这儿?"

"这儿有积雪,我想去热海。"

"不行,爸爸带着妹妹去那儿了。"

少年突然转头过来。百子望向窗外,少年也望向降雪的湖面。

"好大的雪。山路上的大轿车可危险了,万一掉山谷里死了

151

倒没什么，可姐姐一定会得救的，而我却没得救。我可不愿那样。"

"为什么你会没得救？"

"因为姐姐不爱我。"

"唉……"百子看着少年，"到这儿来。"

"嗯。"

少年靠近百子，坐到长沙发上。百子把少年像夹在腋下似的，把他的肩头斜放在自己腿上说："那个俄罗斯姑娘亲小小的小宫时，小宫可爱的嘴可有感觉到什么香味？"

"哎……"少年一阵晃眼。

"据说女孩恋爱时，呼吸也会变得馨香可人。"百子温柔地笑，"不过，那时的小宫还小，那个俄罗斯姑娘也一定是突袭的吧。"说着，把脸贴了过去。

"你鼻子真凉。"少年在百子耳边低语。

"小宫，那是不在火面前的缘故。"

少年用两手夹住百子的脖子，闭上了眼。

"小宫，有烟味儿，还是戒了吧。"

"嗯。"

"而且，要让姐姐闻到初恋的馨香。"

百子把少年的脖子搂过来，感到短短的汗毛尖稚嫩而可爱，那眉毛和睫毛也潮湿水灵，娇嫩可人。

百子摸着少年长长的额发，过了好一会儿，才说："小宫，可真会撒谎，真可爱。"

"我可没撒谎。"

"是吗？俄罗斯女孩儿的事，是真的？正是因为撒谎才可爱的……"

"撒谎？这方面，我可没姐姐高明。"

"是吗？"百子把胳膊绕到少年背后，将他斜抱起来，"衣服太长了，我可不喜欢。"

"别瞎说。"少年嘟哝了一句，夹着百子脖子的拇指，突然发力。

"小宫，在掐我脖子呢。你知道吗？"

"知道。"

"那好。掐也……"百子闭上眼睛，挺起了脖子。

"姐姐是要抛弃我了吧。"

"哦，怎么会呀。"

"别抛弃我。"

"说什么抛弃不抛弃的，男子汉，别说这些没出息的话。"

"那你就是在玩弄我了？"

"呀……"

百子抓住少年的手，将其拿开。

"玩弄男人的女人，这个世界上一个都没有。我很清楚，十分清楚。"

百子开始大口地呼吸，满眼泪水，脖子上留下一个红红的拇指印。

少年将脸贴到那指印上，说："你不是在玩弄了小西后，把他抛弃了吗？"

"西田这么跟你说的？"

"是。他说姐姐是恶魔，是妖妇……"

"这种毫不自尊的话，小西也说得出口。我哪里抛弃了他，是他玩了我就走。"

"我也玩了你就走,你让吗?"

"玩了就走的,是小宫呀。小西,他是自己跟女同学私奔了。对吧。"

"那也是因为他被姐姐抛弃了。他去姐姐带他去过的伊香保旅馆,结果被抓住了是吧。"

"和我去过的地方,又跟别的女孩子去,让我讨厌。"

"别的我就不知道了。"

"是啊,还是不说他的事了。"

百子把嘴贴到了少年的头上。

"多好的头发,比嘴还香。真让人留恋。"

"留恋什么?"

"少女的时候……"

"姐姐……"少年缩了缩脖子,"姐姐,其实你谁都不爱,对吧?"

百子突然抬起脸,把半边脸贴在少年的头上说:"爱的呀。"

"爱谁?是真的吗?"

百子望着外面的雪,一眨不眨。

"没有吧?"

"有啊,爱父亲。"

"父亲?谁?"

少年突地站了起来。

"父亲就是父亲呀,我的父亲呀。"

"嗨,太无聊了,你说谎的吧?"

"不,是真的爱。"

百子站起来,穿过客厅走到靠近雪的一面。

"不过,对爸爸的爱,就像这雪一样。"

南面,深灰色的天空中,越来越大的雪片倾泻而下。

四

百子他们是坐四点半的公交车回去的。

水原和麻子则准备坐六点的末班公交车离开。旅馆的两个男仆拿着行李,打着伞,为他们送行。穿着高脚木屐的男仆,在雪中摇摇晃晃、跌跌撞撞,竟把木屐带摔断了。水原让那男仆回去了。而另一个男仆从一开始就光着脚走。

下雪天,都黑得早。元箱根和箱根町的灯,已经在湖岸边闪起了微弱的光。

在元箱根等到七点,六点的末班公交车还没有发车。据说,是因为从小田原发出来的那辆公交车还没爬上来。

"前面四点半的车出事故了,现在还在山上。都待了两个半小时了,在这雪天……"公交车的售票员说。

"姐姐坐的是四点半的公交车呀。"麻子看着父亲的脸,走近售票员问,"事故吗?是什么情况?"

"听说是从小田原来的卡车,在雪地里打滑翻车了。"

"公交车跟那卡车撞上了吗?"

"不清楚。已经派人去了,还没消息回来。这山上,连电话也没有。"

二十分钟后,当听到四点半的公交车开动的消息,水原和麻子才放了心。

候车室,除了水原和麻子,再无他人。

这雪天的夜路是无法回山上旅馆的,两人只能走进与候车室相邻的旅馆。

准备卧具的女招待对他们说,旅馆院子里的雪,已经有一尺到一尺五寸那么厚了。

"古书有'雪枕'一词,现在,可真的有'雪枕'了。这可真是倒霉。"水原苦笑着说。

"窗外是湖水,这是家湖岸的旅馆。"

"好像是。"

风从湖面吹来,把木板的套窗和玻璃窗都吹得哗啦啦地响。这间陈旧的六张榻榻米大的房间,连坐垫都是硬的。

雪花吹进了走廊。

"爸爸,太冷了。您是不是没法休息?还是我到那边去吧。"

"好。"

"今天晚上又睡不着了。不过,姐姐应该能安全回来吧?太担心她了。他们在雪里都待了三个小时了……"

麻子枕在枕头上,看着父亲。

京都之春

一

樱花盛开时,水原带着两个女儿到了京都。一个在东京被战火烧毁了住房的人,因迁居京都而请水原进行房屋改建和茶室设计。

"时隔七年了,今年终于恢复了京都艺伎舞。请一定带女儿来观赏樱花,顺道来看看我的房屋。这就是那个人所说的。"水原对女儿们说。

百子和麻子相互对望了一眼。

"是不是还要顺道办件事？"百子问麻子。

麻子也点点头说："爸爸是不是还要介绍京都的妹妹给我们？"

"给我们介绍的话，不用那样正儿八经吧。我很讨厌那样。"

"但姐姐还是要一起去吧。"

"我？我可不想去。"

麻子看着姐姐，露出悲伤的神情。

"之前，爸爸独自带我去热海，难道现在又只带我去东京？弄得姐姐跟继女似的。爸爸难道就不可怜吗？"

"你想去京都见妹妹，当然可以去。可我并不想见她，所以可以不去。"

"如果只有姐姐一个人留下来，我也不去了。"

"哟！难道这样爸爸就不可怜了吗？"

"如果我不去，爸爸也不会让姐姐见京都的妹妹。"

"说什么呢？爸爸当然更想让我见那孩子。你是承认那孩子的，还自己去京都找过。对爸爸而言，就够了。但我并不承认她，所以爸爸就更想让我去见她吧。"

"呀，太复杂了。"麻子摇着头，"姐姐想得太复杂了。"

"是啊，当然复杂了。"百子也笑了。

"姐姐这种想法，是我妈妈造成的吗？毕竟，她算是你的继母。"

麻子的语气很轻松，但百子的笑容却消失了。然而，麻子却依旧用轻松的语气继续说："自从我妈妈去世后，爸爸和姐姐之间，就变得跟继父继女似的。一想到这个，就觉得莫名其妙，心里也难受。"

"这次不就是麻子想多了吗？"百子换了个话头，"麻子，你相信你妈妈是真的对我好，所以你这么说，我也不介意。你是相信你妈妈的吧？"

"是的。"

"好吧，那我也去。"

"真的吗，太好了。"

"你妈妈去世后，爸爸一直感到孤独。我如果还故意让他更加孤独，就不对了……"

"就是。我也很孤独呀。"

"我也是。"

麻子点了点头。隆冬的芦湖之上，竹宫和开汽艇的姐姐，又浮现在了她眼前。

"或许，爸爸并没打算让我们去见京都的妹妹，只是带我们去赏花的。你如果一个人留下，总觉得你太孤独了……"麻子说。

"是啊。"

二

水原和两个女儿乘坐晚上八点半的"银河号"列车驶离了东京。

二等车厢较空，他们三人就占了四个人的座席。这就意味着，他们可以有一个人躺在座席上。

水原最先躺在上面，可怎么都睡不着，便干脆在沼津附近让百子去躺。可百子也睡不着，过了静冈又换成了麻子。

"爸爸去睡卧铺吧？好像那边还有个空位，我去问问列车员。"百子劝道。

但难得有十来个小时可以陪在百子身边，父亲不想一个人离开。

麻子却真的睡着了。

"还是麻子天真，真的睡着了。"百子说。

"嗯，但上次带她去热海时，她好像总是睡不着。"父亲说。

百子沉默着，望向行李架："都是些经常外出的人，行李很少。"

"是啊，现在基本恢复到战前的状态，可以随便旅行了。"

"爸爸不是已经习惯旅行了吗？怎么坐夜车还是睡不着？"

"并不是睡不着。"

"那就睡吧。"

"你最好也睡一会儿。"

"是啊。如果就我一个人睡不着，麻子又要说我像继女了。"

"麻子那样说过？"

"所以我说，麻子相信妈妈没有把我当成继女，就很好……"

父亲闭上眼睛，默默无语。

"看来，我们给麻子添了很多麻烦……"

说着，百子也闭上了眼睛。

"妈妈去世后，麻子就觉得家中的事都是她的责任。爸爸的事，我的事，麻子都想用自己的力量来办好……"

"是啊。"

"为了麻子，我还是离开吧。"她又接着说，"是吧？您应该很清楚。"

"别说这些没用的。麻子也许会听到。"父亲睁眼说。

"她睡得可熟了。"百子依旧闭着眼睛,"麻子应该尽早结婚,不要让她重蹈我的覆辙。"

闭着眼睛的百子,觉得眼睑的内侧隐隐作痛。

"但我也知道,爸爸无论如何是不会让麻子出去的,那样的话,该有多寂寞……"

"别那样说。"

"可是,我很清楚。"百子的肩膀开始颤抖,她感到了害怕。

麻子和自己,似乎是两姐妹在争夺父亲的爱,就像麻子的母亲和自己的母亲争夺父亲的爱那样……

这是不可能的。百子在心里又否定了自己的想法。两个母亲并不能争夺父亲的爱,麻子的母亲和父亲,是自己的母亲和父亲破裂后才开始的。这不是两个女人同时爱上一个男人。时间不对。但那种疑虑却留存心底,并未消除。那疑虑的火焰,仿佛映照在眼底深处,让百子害怕。

自杀的母亲将爱依附在了自己身上,这就是自己的命运吗?父亲对我和我母亲的两份爱,应该都属于我,却被继母和异母的妹妹分享。对此,我是嫉妒了吗?

百子悄悄地起身离开,将身子靠着列车车窗。她感到父亲好像睁眼看着她。可父亲很快睡着了。

车到米原时,麻子醒了。她有一个好习惯,一睁眼就微笑。

"太讨厌了,大家怎么都起来了。本来大家该睡的,现在看样子一点都没睡嘛,都在看我。"麻子睡眼惺忪地说。

"年轻的姑娘总是要贪睡一些呀。"百子也笑着环视四周。

男乘客大多早就洗漱过了,显得都很整洁。百子也化了妆。

洗脸间却没有了水，麻子只得用雪花膏搽了搽脸。

为了搽脖子，麻子解开了罩衫的一个纽扣。百子敏感地觉得有人在偷看妹妹，不由得四处张望。

"朝后面点。"百子给妹妹正了正头发。

"琵琶湖。怎么一早就阴天呀。"

麻子望向湖水。

"早上是阴天，今天反而会有个好天。"百子说。

但麻子却说："刮这样的风，阴天就不会有彩虹了。"

"彩虹？哦……你是说去年年底你从京都回来时，看到了琵琶湖的彩虹，对吧？"

"哎。那个人曾说，不论经过多少次东海道，都不知道能不能再次看到琵琶湖上的彩虹。"

"一个自己带着婴儿的男人，还把婴儿照顾得那么好。你是很佩服那个人吧？"

"是啊。他说琵琶湖的岸边，有很多的油菜籽和紫云英。在春天花开的季节如果出现彩虹，会觉得很幸福。"

父亲也望向窗外。

眼看彦根城就到了，城下开放着几株樱花。随着列车驶入山科，樱花逐渐地多起来，有来到了花的京都之感。

京都的街头，艺伎舞的灯笼连成了一串。行驶的电车侧面则悬挂着大大的"知事选举"字样。

他们来到三条附近的旅馆，吃过早饭后让人铺了被褥就睡了。但麻子醒来时，已不见了父亲，枕边只有父亲留的字条。

看你俩睡得香，就没有叫醒你们。我自己去大德寺了，傍晚时回来。我请你们去看京都艺伎舞。

麻子吃了一惊,在父亲的字条上面,有两张京都艺伎舞的入场券。

三

进入大德寺的小庙聚光院庙门,跑出来两条黑狗。狗的个头颇大,立正似的并排着从上面俯视水原,却没有叫。

水原笑了。

"哎呀,水原先生,好久不见……"夫人说,"怎么突然就大驾光临了。"

"好久不见。"水原也说,"这狗很有趣啊,站得这么整齐地欢迎我,很像行脚僧呢。是什么品种呀?"

"嗯……什么品种呀?"夫人有些漫不经心,"不是什么好的品种吧。"

"还是老样子。"水原心想。

水原被让进屋后,寒暄了几句,夫人起身走了。

"没什么好款待的,就给你看看花吧……"

夫人很快又回来了,抱着的孔雀绿花瓶里,插着三朵硕大的白山茶,让人感到一种清纯的洁白。

"是单瓣的。不对,有一朵是重瓣的。"

夫人将花瓶放在墙角的小桌上。

"方丈庭院的大山茶花还在开吗?已经过了盛放的时间吧。"水原说着,想起大山茶花所在的以比睿山借景的庭园。

"花应该还多，山茶开的时间很长。"夫人说。

水原看向前面那个小花瓶中的花："这是什么？"

"那是……什么呢？是野百合吧。"

"野百合？用汉字怎么写？"

"嗯……应该是写'倍芋'吧，是成倍的块根的意思。"夫人随意地说。

水原有些不解地笑了。

"'倍芋'吗？"

它的形态似乎介于君影草和桔梗之间，绿色的花就开在薯类似的细长藤蔓上。

"水原先生这次是一个人来的吧。"夫人说。

水原突然发觉，夫人并不知道妻子去世的消息。

"其实……"水原有点难以启齿，"我来是想见菊枝的。"

"啊……"

"就是以前我们一起去拜访过的那个人……"

"是，是。"夫人点头。

"还抱着孩子来过的。"

"是，是。"

"其实，我们早就分手了。所以，才觉得在这寺院见她，或许更好。虽然，可能有损寺院……"

"她要来这里？"

"大概会吧。"

"是嘛。"

夫人似乎对此并不介意。

"那就等她来了再上茶水。是啊,把和尚也叫来。我以为是谁呢,听说是水原先生,我很高兴。"夫人站了起来。

很快,老和尚来了。他的一条腿有些瘸,似乎是轻度中风的后遗症。那头漂亮的白发,却出乎水原的意料。

老人的脸色很好,长长的胡须和腮须配着张圆脸。那白白的眉毛,很长,不像僧人,更像仙人。

那长胡须跟少女的发辫一般,一直垂到了肚脐附近,还编成了辫子,似乎还闪着金光。

水原看得呆了:"你这胡须编得很巧啊。"说着,用手势比画那编成辫子的胡须。

"我是向阿伊努人学的。"老和尚说,"前年我去北海道,阿伊努人跟我说,这样不会碍事。学会后,真的很方便。"

水原想起了将浓密的白发系在脑后的阿伊努老人。

"结果就成了土人,京都街上的土人。"老和尚笑着说,"我不喜欢光头,所以……"

"这很好。"水原说。

"本来我自己就能剃光头,但自从得病后,手就不方便了。去理发店剃光头要花五十日元,在寺院银钱短缺的时候还去花这钱,就太糊涂了。"

老和尚说着又笑了。白色的长眉下,黑色的大眼珠显得炯炯有神。这眼睛让人真觉得他像阿伊努人。但水原能感到,他心灵的清澈。

"请问,师父贵庚?"

"哦……七十岁了吧。"夫人说。

165

水原说起京都的熟人，发现老和尚有些听不清楚。

"老师父有点耳背是吗？"

这话却被老和尚听见了："是什么时候的事呢？那时跳板踩空了，就跌到了院子里。从那之后，耳朵就坏了。有人说有黄莺叫，我却听不见。可有天早上，我一抽鼻子，又听到黄莺的歌声了。"

水原侧耳倾听。

"真的有黄莺在叫。"

寂静中，不仅有黄莺的叫声，似乎还有菊枝走来的脚步声。

水原说："京都到处都是花，可大德寺却没有，觉得也不错。这里几乎就没有樱花是吧？"

"樱花会把庭院弄乱的。"老和尚说。

"花落得满地都是，落叶也多。"夫人补充道。

老和尚也说："寺院里有樱花，就太闹人了。和尚在花里兴高采烈的，也太不成体统了。"

老和尚说，这里只有以前近卫公栽的一棵被称为近卫樱的樱花。

听着老和尚的讲述，水原在脑海中描绘着从松树下铺石的路上走来的菊枝。

那个女人，已若干年没见，现在会是什么样子？

黑色山茶花

一

京都女人都有美腿和软唇,也就是有很好的肌肤,这源自于水原对菊枝的印象。

水原在老和尚面前,想起了菊枝的软唇。那是仿佛可以将男人的嘴吸住的嘴唇,黏糊糊、滑溜溜。当水原触及菊枝嘴唇的瞬间,就能感受到她全身肌肤的柔软。

但咬过菊枝嘴唇的牙齿,早已脱落,换作了假牙。而菊枝的嘴唇，也该变硬了吧。

"老和尚，您的牙还好吧？"水原情不自禁地问道。

"牙？土人的牙可结实了。"老和尚咧开嘴，让水原看大胡子里齐全的牙齿，"我就是那样的土人了。但大德寺的建筑，在战后就像老人的牙，晃晃荡荡的，再过十年，恐怕连影都没有了。"

夫人也很气愤，说如今的孩子就会糟蹋寺院。特别是棒球，对寺院的祸害最为严重。

"天皇的国宝——桃山鸟，竟然也被球打中。不仅羽毛被打掉了，鸟也被打死了。还有的鸟，连头都不知道被打到哪里去了。"

"太残忍了。"水原叹息道。

"是啊，都是些战后颓废派的孩子，都喜欢胡作非为。每天除了胡闹、捣乱，就什么也听不进去。他们都错误地理解了什么是自由。"

老和尚的夫人围着藏青色白色碎花的宽大围裙，仿佛从大原到京都卖货的商贩。而她，用了"战后颓废派"一词。

夫人说，孩子们经常把棒球打飞到庭院里，然后就跳进墙来，把瓦都弄掉了。

为了避免他们在寺院的庭院中不顾一切地玩耍，政府就在南边修建了个运动场。可那附近的一个小寺院的墙壁因此遭到了巨大的破坏，听说已经无法支付这笔庞大的修缮费了。

老和尚说，以前在大德寺门前街道居住的，都是为大德寺做事的人家。可现在住进了从别处搬迁来的人，他们的孩子对大德寺毫无敬重。

"现在，汽车也可以随意地进入寺院。和尚们为了方便，也搭乘汽车。原本正门下方有一根横木，现在为了过车，已经把那横木给挪走了。"

老和尚叹息着，他的寺院在荒废，可他的体格却如春山。

"老师父，一想起那个分手女人的软唇，就觉得怜惜。"

水原很想跟老和尚聊聊那个女人。菊枝的头发并非红色，但眉毛的颜色有些淡，好像是色素不足，所以肌肤也相应地白皙。但这淡淡的眉、美丽的腿、柔软的唇，更容易促使水原和菊枝分手。因为这样的女人，通常性情寡淡，容易灰心。

水原在京都也见过嘴形像菊枝的女人：牙床不大，也不突出，说话时隐约可见齿龈，让人感到嘴唇的润滑。

她的嘴唇颜色淡而明快。水原曾怀疑是她用的口红跟东京的女人不同，但事实是她嘴唇的本色不同。就连她的牙龈、舌头，也是纯净的粉红。

每当看到这样的嘴形，水原就会想起菊枝。在涌起的新的悔恨中，只能发出一声叹息。

水原想对老和尚聊菊枝的事，却未能出口。夫人却在庭院苔藓的树影中，看到了人影。

"来了。"她说着，起身出门。

水原顿感胸口发紧，百感交集。但奇怪的是，他涌起的，并非是对菊枝的内疚，而是对死去妻子的歉意，好似自己如同背着妻子与菊枝偷会。水原对这样的感觉而吃惊。

菊枝首先向老和尚问候，然后随意地看了眼水原，说："让你久等了。欢迎你来京都。"

"狗出去欢迎你，觉得惊讶吗？"水原问。

"这次去的是猫。"夫人旁若无人地说,"可这猫并不亲人,所以只是慢腾腾地从房间走过去。"

菊枝笑了:"其实,狗就在里面窥视着呢。"

"是吗。"

"这个屋子,都成狗和猫的家了……"老和尚开玩笑地说,"但比起狐狸的家来说,这里也还好。"

老和尚看着菊枝,有些迷糊,不记得曾在哪里见过。

见菊枝有些拘束,夫人马上说:"我们都在等你,连茶都没上呢。"然后看向水原,"怎样?要不还是去茶室那边坐吧。"

"好。"

水原起身,与他们一起来到三张榻榻米大的茶室。传说,这是把利休剖腹自杀的房间挪移过来了。

"点茶吗?"夫人问菊枝。

"太麻烦了,还是沏茶吧。"

"老师父怎么办?"水原犹豫道。

"我们还是沏茶更轻松,至于老师父,我去那屋给他点茶。"

说完夫人就走了。

"我很想你。"菊枝在昏暗的茶室用小圆竹刷搅着茶,低低地说,"你给我电报,让我来聚光院。我很奇怪,如果告诉我列车时间,我就能去接你。或许,你是跟别人一起来的吧……"

"是的。我带了两个女儿来。"

"哎哟!"菊枝抬起脸,"是带女儿们来赏花的吧?"

"嗯。今天早上到的。我等女儿们睡着后就出来了。"

"不要那样,我会难受的……"

菊枝有些颤抖的手，稍微转动了下茶碗。

水原夹起大德寺的纳豆，放入了嘴中。

菊枝突然蹭到水原身边说："如果不是在利休先生的茶室，真想跟你亲热一下。"

水原环视四周，感到有些压抑。

"只有我俩在这茶室，有些害怕呢。我们一起死在这里都可以。"菊枝继续道，"以前，在利休的忌日，我陪你来过的是吧？"

"是的，是什么时候呢？"

"几年前的三月二十八日。怎么都不记得了。真是薄情的人。"

二

"夫人，这是百日红吗？"菊枝看着庭院右侧的一棵树问。

"不，那是菩提树。"夫人大声地说，"树叶不一样，树枝也没百日红那么小气。"

"这就是菩提树呀。"

"据说，释迦牟尼圆寂的时候，这树突然干枯成了白色。这些都画在涅槃图上的。"

"是珍贵的树啊。"

"它的花大而纯白。如果看见那落花的样子，就能对《平家物语》开头的句子有更好的理解。祇园的钟声，菩提树的花色……每到傍晚，原本开放的花就骤然落下。"

"朝开夕落吗？"

"是的。"

夫人离开二人，走到住持室一角的走廊下坐下。夫人大约是没见到两人从茶室回来，便前去查看，而两人已离开了茶室，到了住持室的廊前。

夫人也来到这里，为了能让他们看到隔扇的画，拉开了纸拉窗，自己坐到了较远的地方。

隔扇画和庭院的石头，水原早已看过多次，这次没什么想看的，就随意地坐在廊前。菊枝则坐在他后面。

"墙根前的那一棵树，是由那菩提树繁殖的。"夫人说，"因为不是从天竺引进的，所以还不知道开什么花呢。"

"还没开过花吗？"

水原看向那棵小树。它的树枝并不弯曲，而是像杨树一样直直地舒展。

"是啊。"夫人答道，然后若无其事地看向菊枝，"你也不要太辛苦了。哭着过日子是一辈子，笑着过日子也是一辈子。"

"啊……"

菊枝被突然的这句话，惊得回过头来。

"不管怎样，人世虽苦，总那么紧张也是受不了的。还是要学会放松。"

"谢谢！确实是这个道理。"

"没什么。本来没事，人都是因自己想不开而苦恼。"

"是啊。但我们却总是想不开。我经常来寺里听老师父开导，所以稍微能想开一些……"

"我家和尚呀，除了能想得开外，其他什么能耐都没有。就这一点了。除了这一点，便是到了不能劳动、没有欲望的年龄了。

这样就可以了。当然，他如果能活下去，便还会有别的问题出来。"

"上了年纪的人，如果还有很大的欲望，就太不像样了。"

"是啊，是啊。但欲望并不仅限于金钱……为什么会生为女人呢？你现在是否也会这样想？"

"是啊。"

"是那样的。"

夫人说完起身离去，菊枝看着夫人刚才坐的地方说："夫人说得很对，可我怎么觉得她是在教训我？我觉得憋闷得很。你是不是对她说了些什么？"

"没有啊，我就说要跟你在这里见面……"

"是吗？但她看穿了我的心思。我又辛苦又消瘦，还邋里邋遢的。可这是没办法的事。你都怎么说的？是要和谁见面？"

与自己分手的女人。水原当时是这样说的，但他现在难以启齿。

"好像我勾引你似的，那怎么行。太无聊了。"菊枝微笑着看水原。

水原没有觉得被勾引。菊枝不过是他以前的女人，无疑就是已经与他分手的女人。但现在的菊枝好像没觉得自己是个"昔日的女人"，有一种如同幻灭的感觉。

这样的幻灭，并非来自于容颜的改变。同样是色素不足的浅茶色眼睛，过去每每拥抱都会闪出清澈的光芒，现在却略显迟钝。那嘴唇也变得污浊，与嘴唇颜色相近的乳头或许也稍有干瘪。但菊枝比实际年龄显得更年轻，没有她描述的那么憔悴。

水原想，看来是分离的岁月，把他们隔开了。他似乎是隔着岁月之墙来见菊枝的。不，这并不是在与菊枝相会，而是在与岁月本身相会。既然他们之间的问题是由时间解决的,那也由时间将其泯灭吧。

原本已然分手,大可以如此干净利落。但水原感到了寂寞,感到了对菊枝的眷恋。他在心中努力重温对菊枝的情感,但意外死去的妻子却在水原心中活灵活现起来。水原怀疑,失去了最亲密的妻子,以至于对菊枝的感情也失去了。

对于菊枝怎么想的,水原并不知晓。他无法判断菊枝的话是否出于真心。

为了拉近与菊枝的感觉,水原有些急不可待地说:"事实上,我妻子,在去年去世了。"

"哎呀!"菊枝大吃一惊,焦虑地看着水原,"是吗?我都不知道。你很悲伤吧?真是个可怜人。"

菊枝愁苦的脸如同要哭了一般:"我总是想念你,也不知道你过得怎样,有没有遇到什么不好的事。"

"我三个女儿的三个母亲,就只剩你一人了。"

"怎么会这样,把最不好的留下来。太奇特了,太不公平了。"

"如果我死了,能思念我的女人,就只有你了。"

"别吓唬我。这样的话,让我不好受。"

"难道不是吗?"

菊枝凝视着水原。

"我并不想让你在我死后思念我,只是觉得没能更好地照顾你,很对不起你。"

"你说什么呢!这话是你想对夫人说的吧。你对我的照顾,我从未忘记。"

确实如菊枝所说,水原向菊枝的道歉,更像是对死去妻子的道歉。

"你夫人去世了,你为何要来见我?你告诉我吧,别让我心里难受。如果让你女儿知道了,她们会怎么想?"

水原不知该如何回应。

"我不希望是这样的。"菊枝摇着头说。

沉默中,两人都站了起来。

"去利休的墓……"水原在寺院门口说。

"好,我这就去开。"

夫人拿着钥匙打开了栅栏门。

菊枝站在利休的墓前问:"你为夫人修好墓了吗?"

"哦,还没有。"

"是吗?这里你夫人也来过。请你参拜你夫人参拜过的坟墓,还请谅解。"

看着这个双手合十的女人,水原只觉得是个谜。这究竟是她的真心还是习惯,他很难判断。

菊枝虽然是水原"昔日的女人",但现在无疑是照顾别的男人的女人了。

三

走出聚光院的门,前面是一条道路通向西边稍稍高起的尽头,那里是小堀远州的孤蓬庵。孤蓬庵往西,是通往光悦鹰峰的路。水原以前走过这条路。

水原站在去往孤蓬庵的笔直道路上,观看着倾斜的静谧的松竹阴影。路的北面,是一排小庙。

"聚光院的老和尚,怎么打扮成那个样子。"菊枝说。

水原依旧望着道路:"他说自己是土人,在向阿伊努人学习……"

"是吗?太让人吃惊了。"

"那顶相真有趣。"

"什么?"

"禅僧的相貌,被叫作'顶相'。"

"哦,'顶相'?明白了。把胡子编成辫子,我还是第一次见到。"

"确实是个怪和尚。"

"他都不管胡子,就那么任其随便长,还长得那样好。看着就很男人。"

"他年轻的时候,可是个漂亮的和尚。听说他好像能当管长的,但被世俗的波涛卷走了。"

"他是不是年轻的时候很世俗,后来就改了那些毛病,真正觉悟了?有去除烦恼即是佛的说法对吧。"

水原向总见院走去,说:"山茶花还在开吧。"

传说太阁秀吉生前最喜欢的大山茶树,就在麦田那边。战争时期,庭园被改为了田园,此时麦子已抽出了穗子。在青青麦田的衬托下,那大山茶树风姿绰约。树上是白色和浅红相间的花,略显娇小。

"还是十五年前的事吧,"菊枝说,"抱着若子来时,这里没有一个人。谁都没有,只有花。你还记得若子说的这话吗?"

"是啊。"水原想起往事，仿佛这世间就只有这棵大山茶树。

"能再次回到那个时空，该多好。今天如果跟你相会的，是那时年轻的我，该有多高兴。"

"如果只有我一人是上了年纪的，那多尴尬。"

"没关系。男人不会受到年龄局限的，只要我年轻就好。"

"这话不妥吧。"

"不妥的是男人。你大可问问自己的内心。唉，女人一旦上了年纪，考虑得就很复杂了……"

"你呢……"水原郑重地问，"那之后你怎样？"

"唉，谢谢你。托你的福，我还好。"菊枝继续说，"人无论在何时何地都要学会忍耐，毕竟好时光不常有。"

水原感到自己已经无法干预菊枝的生活，但同时也觉得从事着接待行业并雇用两位小姐的菊枝，似乎有难言之隐。

"我妻子，至死还念着若子。"水原说。

"是吗，谢谢。对不起，你一定要在你夫人的忌日好好祭奠祭奠。"

菊枝的道谢，水原觉得淡淡的。

"我会好好抚养若子的。"

这说法，仿佛是她收养了别人的孩子。

"若子的姐姐为若子操了很多心。"

"姐姐现在如何？"

"有子？她出去了。"

出去，说的是当艺伎了吧。

水原转身，走出了大门。

177

"也许是小时候过得太苦,有子对人很冷淡。就算是对若子,也没有姐妹间的那种亲密。"菊枝说,"而若子则是很温和……"

"能把她带来就好了。"

"我也想,但不知道这样对你是否方便……"

"我不能用父亲的身份公开见她吧。"

"说什么呢?小时候你那么疼爱她,她怎么可能忘记?我跟她说要去见她爸爸,她是眼泪汪汪地将我送出门的。"

"是吗?"

"她姐姐有子,去年生了个女孩儿。孩子的爸爸很有意思,年纪轻轻的,却独自将孩子带回东京抚养。这样的人可真少见。他把孩子带回来见母亲,说可以跟有子结婚。这不是桩好事吗?可有子却不愿意,即便会遭到报应,也无所谓。她说,她尊重若子的父亲,所以为了不让若子出去工作,她要照顾若子。这个怪孩子,人家都到京都来了,她却不让人家接近。连照看孩子,也是若子在多方关照。那孩子太可怜了。我实在看不下去,就说了她。你呀,这不是艺伎的孩子吗?也不知道到底是不是你的,把她扔了也没关系吧?我不就养了两个没父亲的女儿吗……可不管我怎么说,她都听不进去。我真想让若子把孩子带着逃走,让那年轻人死了这份心。"

尽管菊枝没有把那年轻人与水原做对比来责怪他,水原仍觉难过。水原想起了去年年末,麻子说的从京都回来时一起乘坐火车的那个带着婴儿的男人,应该就是若子的姐夫。

菊枝的话,让他知道她在与他分手后,没有再生孩子。而他们的孩子若子,在菊枝身边被悉心抚养。

"他前天又把孩子抱来了,说是今天要去看京都艺伎舞。"

"是吗?我女儿也去看京都艺伎舞了。"

"真的吗?那真是……"菊枝大吃一惊,"怎么办?他们会碰见吧。如果若子跟着去的话,也许她们就碰上了。"

"是啊。"

"就说句'是啊'就完了吗?不行。她们没见过,即便见了也不认识,所以见不见都没关系。只是若子太可怜了,真的很可怜。抱歉,我不想让你见她。虽然能见爸爸,她或许会很开心……"

"这个啊……"水原说,"我是想给若子介绍她们,才把女儿带来的。"

"是吗?"菊枝平静地问,"是在你夫人去世后才有的想法吗?"

水原仿佛被冰冷的刺戳了一下,只得说:"不是。是去年年末,麻子瞒着我和她姐姐,到京都来找过妹妹。"

"是吗?"菊枝大吃一惊,但语气依旧冷淡,"我一点都不知道。但见不到更好。不找她,她也在这里。我是不会让她被人戳脊梁骨的。"

"麻子并非要探听你们的情况。她来找妹妹,连我们都没说,就带着一片好意来了。或许,还有对母亲去世的感伤。"

菊枝点头说:"对不起,我性格太怪了……听到这么突然的话题,我都没有准备好移交。"

"那你就考虑一下吧。"

"嗯,谢谢。若子也是'父母所生之身'啊。"菊枝竟然用了句佛语,"就是说,你准备领回若子?"

"嗯,所以……"水原说得有些含混。

179

"是吗，这是若子的运气。我知道，那孩子一直没忘记你。"

"是吗？我有三个女儿，三个不同母亲的女儿，她们都想着我……"

"是啊，就放心吧，女孩儿怎么都会有出路的。"

两人相视而笑，这才发现，他们一直站着说话。脚下的竹影，横斜在路上。

走进龙翔寺，长方形的石板所铺道路的两旁，新长出叶片的枫树尽力地伸展着，将明快的绿色映照在地面上。

战时，水原曾与龙翔寺的老和尚在上海见过。这位老和尚比聚光院的那位年轻很多，他向水原郑重地讲述了在中国的回忆，以及近来于美国兴起的关于禅的研究。

听说茶室里有用屋后竹林中的竹笋做的菜，水原便向茶室走去。

"啊，是黑山茶。"水原走近了挂在墙壁上的花。

"很遗憾没有好的花蕾。今早我专门起了个早去看，发现有一枝花枝上的花蕾开得正好。我想去折的时候，却怎么都找不到了。我绕着山茶树转了好几圈，都没找到。这个庭院的角落，也有偷花的人。太可惜了。"老和尚就站在水原身后说。

那竹筒上的花枝，也是有花蕾的。花蕾比花更黑，老和尚或许是想让水原看到更黑的花蕾。他说春天一到，黑色就淡了。在他眼里，黑色越深越好。

这黑山茶花是小花，如天鹅绒般厚实的花瓣附在松塔形的花托上，是非常优良的品种。

出了龙翔寺，便是高桐院。这里有传说是移过来的由利休住所改造的茶室。

"那是六月菊吗？就是和白色棣棠一起的那个。"水原看着地板上的花。

"是的。"老和尚说。

这六月菊像野菊花。

"东京已经看不见貉了吧，"老和尚说，"这地板下就有。"

"哦，有一条吗？"

"好像是三条。它们经常到庭院里玩。"

庭园后门的底部被打开了，以方便貉进出。

水原在庭园里，参拜了细川幽斋的墓。

"把石灯笼做成了墓，真好。利休的墓也很好。他们太让人羡慕了。"水原说。

水原转到灯笼的后面，那里缺了一块。

这时菊枝从水原身后出来，说："能给我一瓣黑山茶的花瓣吗？"

"哦，黑山茶花？"

水原手上拿着从龙翔寺要来的花枝。

"我想给若子看看……"

"好啊。"水原将花枝递给菊枝。

"一瓣就可以了。"菊枝揪了一瓣下来。

水原要这黑山茶花，就是准备给女儿看的。

篝火

一

姐姐还在睡，麻子便悄悄地走出了房间。

走廊上遇到女仆，她对麻子说："请您洗贵脸吧。"说着便走进洗脸间，打开电灯，放好水，拉好后面的窗帘。这个旅馆是公用洗脸间，为了使每个人都能使用而间隔开来，三面都是镜子。

麻子洗着"贵脸"，想起了早上吃的"贵薯"和"贵豆"，都是很软的京都小薯和豌豆。但同样软和的竹笋和腐竹，却不会被叫作"贵笋""贵腐竹"。

麻子想趁百子还没起床的时候,偷偷给朋友打个电话。去年年末时,麻子来东京,就住在这朋友家里。她不太清楚父亲来此的目的和姐姐的心情,所以不能大意了。

她回到房间,拿起京都艺伎舞的说明书,正翻看时,听到了百子的声音。

"爸爸呢?"

"你睡醒了?"麻子回头看去。

"还没呢。我在火车上一点都没睡着,爸爸倒是迷迷糊糊地睡了一会儿。"

麻子把父亲的留言条递给百子。

百子不以为然地看过后说:"是吗?大德寺?"

"爸爸真讨厌,这么早就把我们扔下不管了。"

"怎么不可以呢。这样更自由吧。不如三个人都自由活动吧。"

麻子有些吃惊地看着姐姐。

"麻子,你自己去看吧。我想再睡会儿。"

"别睡了,都十二点半了。"

百子伸着手指数了数,只睡了四个小时。但她还是坐了起来。

麻子给百子看附着照片的说明书,再三劝说,百子终于勉强同意了。

麻子说,京都艺伎舞是从明治五年开始的,一直持续了七十二年。在昭和十八年,因战争被中断了,直到今年春天才恢复,时隔七年。

"你看啦,这里写的是大街两旁的屋檐上挂上成排的红灯笼，就意味着正在举办京都艺伎舞，也就是说可以到祇园去夜赏樱花了。"

"是吗？我们还是学生的时候，到这里来修学旅行，还请舞姬签过名的。那是太平盛世的年代。"百子也附和。

但百子突然想到，这不就意味着小妹妹是出生在京都的烟花柳巷吗？对于这个妹妹的身世，麻子似乎并不知晓。或许是麻子的母亲隐瞒得很严，即便是百子，也只是模糊地知道一点。

假如，没有让京都艺伎舞中断的战争，父亲会同京都那女人分手吗？百子对此深表怀疑。应该是战争才将父亲和那个女人硬性地分开了的吧？

不管如何，如果小妹妹出生在京都的烟花柳巷，而父亲让她们两姐妹去看京都艺伎舞，是大胆之举，还是别有企图？百子觉得受到了羞辱，没了去的心思。

百子坐到镜子前，麻子就坐在一旁一边拢姐姐的头发，一边翻看着说明书。

明治二年，是维新后的混乱时期。祇园的石阶下修建了日本最早的小学，当时把艺伎和舞姬统称为女职工，把艺伎行业管理所改为女职工提携公司。

到了明治四年的秋天至明治五年的春天，京都召开了日本最早的博览会。那次博览会上的舞蹈，便开启了京都艺伎舞的辉煌。

这是百子看书知道的。

"战时的艺伎不都成了女职工了吗？被动员出来参加义务劳动……现在的话，应该叫女工人了。"百子开始发牢骚，"但战后，那些舞姬的腰带还是蝴蝶结飘带的样子。"

"那是舞姬的象征呀。不过今天的报纸上有说，在给京都艺伎送茶的孩子中，有些年龄太小了，是违反劳动法的。"麻子接道。

"我总觉得舞姬的蝴蝶结飘带，很像相扑力士的顶髻，好奇怪。"

"是啊，不过相扑如果没了顶髻，不是就变滑稽了吗。如果要说奇怪，和尚的光头和袈裟都是奇怪的东西。"

"相扑的顶髻，舞姬的蝴蝶结飘带，这些类似的东西在日常生活中，在我们心中，也都有。各种各样的……"百子站起来，让麻子正好看到了她系得精巧的腰带。

"舞姬的腰带系法和姐姐的腰带系法，不就是五十步笑一百步吗？"

"是啊。在穿戴上，我们一方面为了时尚而模仿别人，另一方面拘于传统或习俗而模仿别人。真是没办法，不是说模仿就会失去美吗。"

姐姐把掉落的头发揉成一团放到梳妆台一边，麻子则将其扔进了垃圾桶。

"不用你多管闲事，我自己会扔。"

百子皱着眉头看向妹妹。

新京极和河原町的人太多，百子便带着妹妹过了三条大桥后，顺着一条又直又长的路向南，就到了四条。

三条大桥是新建的，栏杆是木头的，上面的装饰是青铜的葱花形珠宝。桥旁原来的高山彦九郎的铜像不见了踪影。可以从桥上看到上游被云遮蔽的北山，看到对岸碧绿的杨柳，看到葱翠东山上的樱花。京都的春天都涌入了百子眼中。

京都艺伎舞的排练场早就租给了演出公司，被当作电影院了。所以今年歌舞排练就在南座。茶座被设在索然无趣的西式房间，根本没有排练场的气氛，只有把衣服穿得很正经的艺伎在起立行茶道礼。

"哎呀！"

麻子正要坐到圆椅子上，突然叫出声来。

"啊，你是……"对方也看到了麻子，稍微低了低头。

茶桌连成长长的一排，客人就并坐在茶桌的一边。在麻子隔着三个人的右边，坐着大谷。那个婴儿，由大谷右边的一个年轻女子抱着。

大谷喝了口茶，赶忙站起来走到麻子跟前。

"你记性真好，是因为婴儿才记住我的吧？"

"是啊。"

麻子看向婴儿说："孩子身体还好吧？"

"很好。"说完大谷便叫道："若子，若子。"

那个抱着婴儿的小姐之前刚低着头从旁边走过，听到大谷叫，又走了回来。

"这位，就是去年年末我回东京时，在火车上对小千惠子很关照的那小姐。"大谷说。

若子对麻子鞠了个躬，很羞涩的样子。

"哇，这孩子长大了。"

麻子说了一句，若子便弯下腰给她看婴儿。

就在这时，麻子的茶碗送到了。

"打扰了，待会儿见……"

大谷说完离去。

麻子和百子喝完茶起身时,有人告知:"这盘子是礼品,请收下……"

这糕点盘子上画着饭团子,麻子用手绢将其包了起来。

二

走出茶室时,百子问:"那个抱孩子的,跟那男人什么关系?"

"不知道。刚开始,我还以为是孩子的妈妈。我以为是因为妈妈太年轻,才由爸爸来照顾孩子。不过,应该不是。"

"对呀,真是那样的话,多可怜。那人一看就知道还是个姑娘,不过好像在哪里见过。"

"是吗?哪儿呀?"

"嗯,是在电影上。跟《恋爱十三夜》的舞姬很像,是不?"

"舞姬?折原启子?……"麻子问。

"是吗?不过,她没那么寂寞、冷淡。"

"是因为年轻吧。应该只有十七八岁,还胖乎乎的,很可爱。"

"我也觉得有些像。"

"那个叫大谷的,也很奇怪。跟麻子说话时,跟个女人似的。不像个男人。"

"嗯。"

"他很会照顾孩子啊。"百子说。

走到一个似乎是休息室的地方,里面有很多人。京都艺伎舞的时间不长,一天可以演出四五场。这些客人就在这里等上一场演出结束。

休息室的墙壁上挂着艺伎的花鸟画、和歌、俳句等等，全都镶嵌起来，用以展示艺伎的修养。

百子和麻子在观看时，大谷从长沙发上站起来邀请她们。

"来，请到这边坐吧。"

"不用。"麻子说。

这时抱着婴儿的若子也站起来，给她们腾出位置。

大谷再次挪动步子劝道："请坐下吧。"

麻子走到长沙发前，却说："我们就不坐了，抱着孩子呢，还是你坐着。"

若子有些为难地看着大谷，大谷则轻轻按了按若子的肩膀，示意她坐下。

"真是奇遇。我们居然在京都艺伎舞这种地方又碰上了，你也是来看演出的吗？"

大谷的神情有些怀疑。

麻子笑着问："来看京都艺伎舞，很奇怪吗？"

"不，只是没想到。"

"可你带着婴儿来，是想让她看吗？"

"不，不是让孩子看，是想让照看孩子的人看……"大谷笑着看若子。

若子红着脸，欲言又止地露出了两个酒窝。

"但确实啊，都没有带婴儿来看演出的。"大谷说，"对了，我想起来了，那个时候，我让婴儿看彩虹，也被你批评了。"

"才没有呢，我是说这么小就被父亲抱着看彩虹，很幸福的。"

大谷的亲热,让麻子也说话亲切起来,但两个人只不过是一同坐了趟火车而已。麻子心里有些不安,想暗示自己是和姐姐一同来的。

"今天早上经过琵琶湖的时候,还跟姐姐说起彩虹的事呢。"

"是吗?我也在想,她可能是你姐姐。"

大谷看了眼百子。百子便走过来,鞠了个躬。

"这位是大谷先生。"麻子向姐姐介绍。

"上次坐火车时,你妹妹很关照我孩子……"大谷对百子说。

"哦,这孩子对谁都那么亲切。有时感觉像是在强行推销她的亲切,可能让人为难了。"

大谷吃惊地看着百子,百子则向大谷瞥了一眼。大谷感到满眼都燃烧着百子的目光,赶忙低下了头。但百子白皙的额头映入了大谷眼帘。

麻子弯着身子凑近婴儿:"已经满一岁了吧。我记得那时你说她九个月了。"

麻子自然地靠着若子坐了下来,婴儿此时睡着了,若子便把婴儿朝麻子挪了挪,想递给她。

"算了,别把孩子弄醒了。"说完,麻子用小手指碰了碰婴儿的耳垂,闻到婴儿的味道中,还夹杂着若子头发的味道。

麻子温和地说:"这耳朵多可爱。"

"像她妈妈。"若子说。

两人对视了一眼,如此近的距离,几乎能感到对方的气息。

若子化了淡淡的妆,耳朵的周围似乎更为白皙。她那清澈的瞳孔是淡茶色,天真而亲切。瞳孔周围的茶色,似乎也比较浅淡,顿时吸引了麻子。

大谷说:"这是小千惠子母亲的妹妹。还是当妹妹的热心。"

百子对这话不满:"这么说,不管哪里的姐姐都不热心了?"

"也许吧。"

若子不由得看了眼百子,百子却一副若无其事的样子。

"对了,我叫大谷。你应该知道的,我给你递过名片。"大谷说。

"不。"麻子脸红了,"我是看旅行皮箱的名签知道的。"

"啊,竟然这么疏忽。"大谷惊讶地说,"那必须重新……"

说着,大谷将名片递给了百子。

百子看着麻子,用似乎商量的口气说:"我只有父亲的名片……"说着便从手提包里找出了名片。

看过名片,大谷看着百子和麻子。

"是建筑家水原先生的女儿?……失礼了。"

"不。"

突然,若子吃惊地站起来,把婴儿抱在胸前,面无血色地径直向前走去。看她的脚步似乎有些发软,险些摔倒。婴儿这时也哭出声来。

"怎么了?"百子问。

"嗯……"

大谷也吓了一跳,赶忙追过去。

百子看着麻子问:"怎么了?是不是拉屎了?"

"可能吧。"

大谷走到走廊却没见到若子,她已经不顾一切地走出了南座。她匆忙地快走着,想把见到姐姐的事告诉母亲。可快到家时,才想起母亲去大德寺见父亲了。

这时,她才听见怀里婴儿的哭声。

三

京都艺伎舞唱的"欣然作歌词,想青春年华,只园风流",这是吉井用作的词。

表现巡游名胜的舞蹈《京洛名所鉴》,用舞蹈纪念了各技艺之道先辈的行踪。如纪念歌道莲月的《贺茂新绿》,纪念染织道友禅的《四条河风》,纪念画道大雅堂的《真葛雨月》,纪念茶道吉野太夫的《岛原露寒》,纪念书道光悦的《鹰峰残雪》。

百子和麻子的座位靠近舞台,麻子发现大谷就在她们后面,却没看到若子。

"怎么就你一个人,她上哪儿了?"

"不知道。她好像受惊了,脸色苍白……失礼了是吗?"

"我以为是婴儿出什么事了。她照看婴儿,应该在大谷先生身边才对。"麻子有些担心,"她衣服的花纹很可爱,很适合她。"

"是啊,你也注意到了?这京都的衣服,都有好看的腰带。她正是上高中的年龄,却没有上学。"百子说。

"祥和的昭和天皇治世期间,于二十五年后,再现舞姿……"

序歌开始了。序曲《鸭东竹枝》用的是银色作布景。

"京都艺伎舞呀……"

"哟呀哈……"

相互呼唤的三十二位舞姬，按传统的规矩，分成两列，手拿柳枝和樱枝，出现在两条通往舞台的通道上，缓缓而行。乐队就列坐在两条通道旁。

她们坐得太近，以至于通道上化了浓妆的舞姬晃得百子不知该看哪儿才好。

第三景是《四条河风》，第五景是《岛原寒露》，都是"插曲"。《岛原寒露》中，灰屋绍益在临终见到了吉野太夫的幻影，于是疯狂地追逐。那舞蹈扣人心弦，麻子却看得索然无趣，似乎有什么不带劲儿。

虽然这井上流派的京都土风舞温馨而古雅，但对于这种慢节奏的舞蹈，麻子始终看不习惯，觉得不够过瘾。而且，南座的舞台似乎也太大了些。

"哦，原来大家纷纷议论的京都艺伎舞就是这样的呀。是很漂亮……"

麻子看得很随意，百子却觉得很新奇。没有幕布的舞台，不断地巧妙更换着背景，如在放幻灯片一般。

终曲的《圆山夜樱》，舞姬们再次手持樱枝和团扇，走入了两条通道。

麻子呼出一口气说："真够悠闲的。"

"是我们不好，对京都的土风舞和艺伎都不习惯……对了，我们不是要看熟悉的舞姬吗？"

两人出来时，没看到大谷，也许是已经走了。

走到四条街时，突然听到人喊："水原小姐，水原小姐。"

"啊！"

百子呆立当场。

"好久不见。我是青木夏二。"

"啊……"

百子顿时脸色苍白。

见百子这样,那学生脸红了,结结巴巴地说:"好久,不见。听父亲……父亲说,我就去了旅馆。又听说,你去看京都艺伎舞,我就在外面等。我知道,京都艺伎舞,只有一个小时的样子……"

"是吗?"百子的嗓子像是被堵住了。她强忍着浑身针扎般的疼痛,感觉像有火在燃烧。曾经的羞耻和愤怒,统统复活了。

"请我父亲设计茶室的,就是你父亲?"

"是的。"

"是吗?"百子冷笑着对麻子说,"我们上当了,就不该来。"

麻子抓住姐姐袖子。

"麻子,他就是青木先生的弟弟,过去我恋人的弟弟,就是在冲绳战死的那个人的……"

"呀!"

"走吧。"百子催促麻子。

四条街上拥挤不堪,挤满了从南座出来的人和往返于圆山赏花的人。

麻子抓住百子的胳膊,百子却沉着脸说:"麻子你还小,什么都不知道。"

"哎。"

"并非想隐瞒……父亲也不知道。真的……"

夏二插话道:"我们都觉得对不起百子,所以父亲说想向你表示深深的歉意。"

"是吗？但我的悲伤是由我培养出来的，你哥哥不过是投了颗小小的种子而已，是我把它培育长大的。"百子看着夏二，"夏二，你上大学了吧？"

"嗯，明年就毕业了。"

"真快呀，是京都的大学吗？"

"不，是东京的。我是休假才回来的。"

"回来？对了，你家现在在京都了是吧。"

"是的，但我仍然住在东京。"

麻子看向夏二，觉得他既然是姐姐恋人的弟弟，就想要找寻他哥哥的容貌。看着看着，不由得有些怦然心动地凝视着他。

夏二说，受父亲的委派，他是来请她们吃晚饭的。百子答应了。

"也许也能见到你父亲。"

时间尚早，他们去了圆山赏花。

"满城春色聚此地，可叹圆山老樱残……"这是京都艺伎舞的歌。正如歌中所说，那垂枝樱树已枯萎，之后又在其上种了小树。

百子一行从左阿弥边走过，来到吉水草庵前的高地，四条街就笔直地展现在了眼前。路伸展向的西山上空，那里一片晚霞。

俯视着街景，夏二为麻子讲解京都的名胜。百子就站在后面看夏二的脖颈，那脖颈和他哥哥的一模一样。

但百子从夏二的脖颈想到了童贞，不由得难过地闭上了眼，任由泪水涌出。她只和夏二的哥哥睡过一次。

"没意思。你这个人真糟。"百子猛然推开夏二的哥哥，眼看他又扭动身子要靠过来，赶忙说，"太没意思了，你……"

这是百子的报复,对夏二哥哥曾作过的报复——这让百子感到了悲哀的战栗。

她睁开眼睛,下面是圆山公园,已燃起了美丽的篝火。

桂离宫

一

救护车发出尖厉的叫声呼啸着向圆山公园奔驰,人们愕然地停下了脚步。

"赏花的时候喝醉了……打架呢……"百子听到有人在慢悠悠地说,"好像出血了……但没什么大事……"她和麻子都会心一笑。

笑过后,她才感到奇怪,觉得那京都口音中带着的残酷。这或许源自百子的心情。

面前，是夏二和麻子的背影，虽然麻子的背影不像自己，但夏二太像他哥哥，麻子仿佛就成了自己的过去。她突然嫉妒起来。

夏二拿着一顶方帽，将手叉在腰间。百子想，那应该是他哥哥的旧帽子。夏二说他明年就毕业了，按说即便是自己的学生帽，也该变旧了。可百子为何觉得那是他哥哥的？

百子顿时感到胸部被什么勒紧了似的，连乳房都硬了。

那只"乳碗"怎样了？——百子想起了"乳碗"，启太以百子的乳房为模型制作的银碗。也许这样的说法不对，但启太是那样叫的。

那时，他们接吻了。启太搂着百子的脖子，他的指尖却悄悄地挪到了百子的胸口，摸到了乳房。

"不要，不要。"

百子叫起来，缩起胸，捂住乳房。

"啊，妈妈。"启太说。

启太的手掌很有力，百子原本想防着启太的手掌，却反而将其按向了乳房。

"妈妈，啊，妈妈。"启太继续呼喊，另一只胳膊搂得更紧了。

"妈妈？……"

启太的呼唤，仿佛在某个地方回响，又像来自远方。百子感到一阵木然，有些眩晕。

"妈妈？……"

百子好像也开始呼唤。她筋疲力尽地瘫软了，启太搂着她的那只手也摸到她的胸口，上下抚摸她的乳房。

"多不可思议啊。"

启太的额头贴近了百子的胸口。

"刚才叫你妈妈,我是真的这么感觉的。仿佛是看见了妈妈,可以安心地去死了。"

启太是个随时可能去死的航空兵,而且没有母亲。瞬间,百子的防线决堤了。她的乳房让启太感受到了母性,这让她不再羞涩,而是沉浸在了神圣的慈祥中。自幼丧母的百子,也在启太的呼唤中唤醒了自身的恋母情结。

"怎么会这么安心?"启太说,"这段时间,我都自暴自弃了,但还是怕死。这样,就能理解了。"

百子舒展开自己的胸部,把一对乳房露了出来。

"啊……"

启太低低地呼喊,把额头贴到两乳之间,还用手掌按压着乳房,仿佛要把自己的额头包起来。

"啊!"

百子颤抖着,她想站起来,却无能为力。她脸色苍白地战栗着,却不由自主地抱住启太的头。那异样的感觉,竟就此消减了。

启太抬起头时,眼睛湿润:"百子小姐,能让我将你的乳房当作模型吗?"

"啊?"百子一片茫然。

启太告诉她,他想以她的乳房为模型,做一个银碗。

"我要把这银碗当作酒杯,喝干我最后的生命。"

启太的话让百子感到恐惧。

"过去的诀别酒曾是以水代替,现在特工队出击让我们喝的是凉酒。就让我做一个最后的酒杯吧，好用它来告别我的人生。"

百子虽然害怕，却不知该如何拒绝。

启太和好石膏，让百子躺在长沙发上。百子沮丧地闭上眼，在启太要解开她衣领的时候挡了两三次，最终还是放弃了。

"真美啊！"启太看着那胸部，有些犹豫，"对百子小姐来说，这似乎是种牺牲。要不，还是算了。"

"没关系，继续吧。"

但当启太用竹压刀将石膏滴到百子乳头上时，百子叫了起来。

"哎呀，好凉！"百子不能忍受地缩起肩膀，侧过身体把腿蜷了起来。

石膏流到了胸上。

"好痒，不要……"她不能再维持平静的姿态，启太的眼神也慌乱起来。

百子皱着眉睁开眼，正看到了启太的眼神。她身体一僵，重新躺回去一动不动。即便胸部疼痛得难以忍受，她依旧强忍着，脸上开始失去了颜色。虽然再次紧闭了眼睛，她仍然能感觉到启太颤抖的手。

黏糊糊的石膏逐渐盖满了乳房，里面似乎在逐渐地坚硬。沉重的石膏就这么箍着乳房，让百子感到乳房被压缩的疼。但乳房仿佛在抗拒石膏的压力，渐渐从底部膨胀，热了起来，连身体都变得更为温暖。

壮起胆子，百子小声地问："给死人做面具也是这样做的？"

"死人面具？是的。"启太依旧有些惊慌，"不过我做的是死亡之杯。我要用这酒杯喝掉最后的生命。"

百子沉默了。

启太用竹压刀逐一压平石膏的表面。等石膏彻底坚硬后，将其取下来端详。

"底部的小坑，是乳头吧。太可爱了。"

"羞死人了。不能给别人看啊！"

百子扣好衣服坐起来，也看向乳房的模型。出乎意料的是，那模型看起来比想象的更小，更浅。

"底部有乳头的话，就不能放稳，会倒的。还是给它安个腿儿吧。"启太想了想说，"百子小姐的小手指也给我做个模型吧。过去好像就有把小手指给恋人这回事。"

接着，启太在百子的小手指上涂抹石膏，也做成了模型。

"五六年前，我父亲就开始尝试自己烧制茶碗。虽然没烧出什么太像样的东西，却给了我灵感。"

百子背着启太，缩着胸口擦拭乳头上残留的石膏痕迹。她感到精疲力竭，有种难以忍受的寂寞。当乳房模型被取下来时，她仿佛感觉生命也被取走了。

就这么结束了吗？……百子感觉心底还有一股炙热在燃烧，促使她想要拥抱。所以，当她被启太抱起来进入寝室时，她没有反抗。

"你都玩儿过了，我可不想。"

虽是这么说，百子还是把脸贴到了启太的胸口。

启太曾告诉百子，他经常先跟妓女玩过了，才来跟百子约会。百子百思不得其解，启太告诉她的本意是什么？为什么他还需要别的女人？为什么要告诉自己？为什么不跟妓女玩就不能跟她相会？

启太说，妓女也是日本人，她们死心塌地地为特工队队员服务。就算是飞机场附近的那些农家女子，也有很多为启太他们献身。对这些，启太说得毫无顾忌。

启太虽然说得很轻快，好像不是什么了不得的事，可百子还是推测到启太内心的痛苦。或许启太是在尊重百子的纯洁，他努力克制自己，不用即将赴死的身体去伤害她的纯洁。所以他会先跟妓女玩，以解决了自己的欲望，避免自己的冲动伤害到百子。

但百子却感受到了责备。对于明天或许就会死去的人，她有一种本该给予而没有给予的负罪感。

百子不明白，为什么启太把本该向她寻求的东西，转向妓女寻求。他为什么不向自己寻求呢？她并不会吝惜这些。而他到自己这里来，仅仅是为了洗去妓女那里得来的污浊吗？

百子甚至怀疑，启太表面上似乎在尊重她的纯洁，但内心深处会不会有一种破罐子破摔的心理呢？他或许就是以此为理由，沉醉在一时的放荡中，是一种自我欺骗吧？然而，这样的怀疑，竟带着百子难以启齿的嫉妒。

所以，当启太剥夺百子纯洁之时，百子喜悦得仿佛有一道闪电划过，照亮她漫长爱情的阴霾天空，瞬间就万里晴空。

然而，启太很快就松开了百子。

他长长地吐了一口气，滚到了一边。

百子冷冷地坐了起来。

"太没意思了，简直糟透了。"

启太背对着百子下了床。

"哎，你这人真糟，你……"

百子的血液仿佛都凝固了，不知该憎恨，还是该悲伤。启太就闭着眼坐在长沙发上。

"请你把那石膏打碎吧。"百子羞怒交加地喊出来。

"不。"

"乳碗"好像做好了，但百子没见过。启太此后再也没见过百子，他死了。大约在一周后，启太在向南九州的鹿屋航空基地转移时，战死在冲绳。

而这，已经是五年前的事了。

百子的乳房被启太用来制作银碗模型的事，仿佛一场奇怪的梦，连百子自己也难以置信。现在的百子却觉得，只要男人和女人单独在一起时，就什么事都可能做出来。这是无法预料的。

用乳房为模型制作银碗，或许只是一种幼稚的感伤。

眼前夏二和麻子的背影，让百子无法忍受。她走近夏二说："夏二，这是你哥哥的旧帽子？"

"是的。刚开始我觉得有些小，可戴着戴着就合适了。"夏二说。

三个人从知恩堂的大吊钟走到御影堂。绕过殿堂后，从"踩出莺声"的走廊下走过。正在盛开的垂枝樱花，于暮霭中，显露着一串串淡紫色的娇艳。

此间无人，只有圆山的沙沙声。

"这个，和祇园干枯了的樱花，是一个品种吧。"百子说。

二

他们没有出去,而是折回了圆山公园,重新走回了左阿弥处。他们被领到院中一所独房的客厅,竟看到了百子的父亲和启太的父亲。

"啊哟,爸爸都来了……"麻子说。

夏二赶忙让百子先走,百子毫不客气地进了屋,对启太的父亲打了个招呼。

启太父亲离开坐垫,郑重地说:"你好。早就想见你。非常欢迎你的到来。"

"谢谢!"百子垂下眼睑,"不过,我是被父亲骗来的。"

"是啊,我刚刚还在跟水原先生聊这个。"

百子抬头,看了看启太父亲。麻子和夏二也在这时坐了下来。

"我们搬到京都,都没有通知百子小姐,只通知了你父亲。我原想,你应该问过你父亲了。"启太父亲说,"或许对百子小姐而言,过去的已经过去了,我也希望这样。所以,有些事还是不说了。但启太战死的事,没有特意通知你,真对不起。"

"是我没有吊唁……"

"不,我一直在等着见百子小姐,以转达启太的感谢。但与其说是感谢,不如说是歉意。那样地死了,事后是必须要向百子小姐道歉的。"

"谢谢。百子是理解青木先生心情的吧。"百子父亲也说。

"啊。我想哪怕向百子小姐说一句也好。可我只顾着想事情已经过去了,就把这事放下了……"

"可事情没有过去……"百子说得很平静。

"事情毕竟过去了。"启太父亲沉默了片刻，"我在启太死后，很想念百子小姐，很想见你，可都强忍了下来。"

"我一度想死，还喝了氰酸钾。"百子说得漫不经心。

"什么？姐姐？"麻子吃了一惊，所有人都看向百子。

"是真的。"百子对麻子说，"那时候女人们都被征用到了工厂，大家都说如果在空袭中受了很重的伤，或者敌人登陆成功了，还不如一死了之。当时每个人都从工厂拿了氰酸钾，不是吗？我也准备了一剂，并把它喝了。"

"什么时候？是什么时候的事？"

"哪知道，喝的竟是砂糖。"

"讨厌。砂糖？讨厌。"

"我以为是氰酸钾，所以喝了。那药包里的东西，应该是有人给我换了。我放进嘴里，觉得甜时，才猛然醒悟——是你妈妈，是你妈妈给我换了。是你妈妈救了我一命。"

麻子目不转睛地看着姐姐。

"真想对你妈妈说声谢谢。人的生命就是这么奇怪，把氰酸钾换成了砂糖，人就得救了，而且再也不想死了。你妈妈在暗中对我的关心，就拯救了我的生命。当时知道是砂糖后，只是觉得奇怪。后来一想到我母亲就是自杀的，便觉得可怕。"

所有的人都听得心情沉重。

麻子不知该如何回答，只是诺诺地说："我才知道。"

"是啊。打算死的人，却吃到了砂糖，该怎么对别人说呢。或许，你妈妈虽然把氰酸钾换成了砂糖，却不知道我有没有喝。不过，还是很感谢你妈妈。"

可为什么现在要说出来呢？麻子不明白姐姐的意思，甚至有些半信半疑。百子母亲自杀的事，启太父亲和夏二或许知道，但百子为何要说出来呢？

菜端上来后，话就少了。从这个客厅，依旧能看到京都的夜景，和在吉水草庵前见到的差不多，还能看到圆山公园的篝火。

启太父亲比百子父亲大几岁，却显得更年轻。启太父亲的脸比夏二的还润泽，虽然或许是老年人的血色关系，但让人感觉年轻。他漂亮的额头下，是炯炯有神的眼睛。只有那胖乎乎的圆手，不怎么相称。这手，很像死去的启太的手。

百子思念死去的启太，但启太父亲的容貌让她泄气。

三

桂离宫的参观许可证上，写着水原、百子、麻子、夏二四个人的名字，但水原和百子都没来。

应该是建筑家水原的名字起了作用，他们才能得到参观许可证。可百子没来，是麻子没料到的。

夏二到三条的旅馆邀请他们时，没看到百子。

"我姐姐去接东京来的客人了。"麻子红着脸说。她知道，那客人就是追着百子来东京的竹宫。

"你爸爸呢？"

"去奈良了。他们两个都自由活动去了，就留下我不知该怎么办。"

麻子想起了先前姐姐的话。

于是两人从四条大宫换乘电车到了桂河。但如果回来，则需要到桂河岸。

"坐公共汽车的话，就顺着桂河岸边走，这样就能沿着离宫的竹墙走了。"

但麻子很新奇地走在麦田里。这里还有菜花田。她连云雀的叫声也觉得新奇，不住地往天上看。

这里是一片平坦的土地，周围山峦连绵起伏。无论近处的岚山，小仓山前面的爱宕山，更远的比睿山，连绵的北山，雾霭沉沉的东山，都尽收眼底。

环视着周围的春景，麻子遗憾地说："姐姐能来该多好……"

"从左阿弥回来那晚，我和父亲谈了很多百子小姐相关的事。"夏二说。

"你们谈什么了？"麻子问。

"把氰酸钾换成了砂糖，看来人的生死不是人的意志能支配的。我觉得这话说得很对。"

"那是不是真的，谁都不知道。"

"即便只是个谎言，也很有意思。但我觉得，她说的是真的。"

"可我们谁都不知道这事。"

"你妈妈真了不起。"

"是吗？可孩子拿了氰酸钾，作父母的都会没收吧。"

"那没用。没收了也会再弄到的。"夏二接着说，"我哥哥的氰酸钾就总放在桌子里，直到家被烧毁……所以刚听到百子小姐说的时候，我就想，或许是哥哥把氰酸钾给百子小姐的呢？"

"啊？……"

麻子大吃一惊。

"所以，百子小姐说这话，或许是在向我们表示抗议。"

"不是。"

"不管如何，就像百子小姐所说的那样，人的生命就是那么回事儿，有时就是那样。百子小姐因为吃了砂糖，不就活下来了？那天晚上，我觉得百子小姐更漂亮了。"

两个人进入了小小的镇子，倒塌的白墙下，开着棠棣花。

"据说我哥死时，日记、信件等所有的东西都烧没了，只留下一个像银碗的东西。百子小姐如果来，或许会给她看看。"

"我姐姐说，你哥哥的事，连父亲也不怎么清楚。"

"哦。但父亲说不久之后会请百子小姐到家里来，这话也告诉水原先生了。"

麻子想，父亲会不会想把姐姐寄放在启太家中，以此来治疗姐姐因启太之死带来的创伤呢？……

两人来到桂离宫门口。

正门前的草坪上，投射着松树的树荫，绽放的蒲公英和紫云英散落其间。竹篱笆前，盛放着重瓣的山茶。

天桥

一

桂离宫被竹林般的竹墙环绕着。

门附近,是由粗细两种竹子编成的竹墙。参观者走天皇出入的御门右侧的那个便门,门口有警卫室。

麻子拿出了参观许可证。

"水原先生啊。"警卫看了看许可证,看向夏二时发现是个学生,便问,"鞋底有钉子吗?"

"没有。"夏二抬起脚给他看。

警卫室旁有专门给参观者的休息处,夏二坐在有些陈旧的椅子上说:"以为学生会用钉子鞋把庭院踩坏吧?这点常识我还是有的。"

"嗯。据说参观者把庭院铺路的石头都踩坏了。"麻子说。

"每天都有人在上面走,石头也会磨损的呀。"

"是啊,每天都有人走。"

"所以父亲说,即便现在参观许可比战前宽松了很多,但还是对每天的参观人数进行了限制。建筑物的损坏更为严重。这里都是简朴的日本传统住宅,而且是三百年前的房子了。它们以前都是住宅,不是供人参观的。所以每次最多只能进十五个人。但是如果走廊上的人太多太重也不行。"

参观者需要在规定的时间由警卫人员带领着进行参观,所以参观前,参观者都在休息处等候。但由于麻子是父亲介绍来的,所以便去警卫室询问能不能不用引领,自己去参观。

"水原先生的女儿?可以,你请吧。"警卫说。

两人便先去了林泉,再走到顶上有芭茅的小门前。他们想去看著名的铺石路,便去了中门。

铺石路斜斜地向前延伸,一直到停轿处。路的两边是踏脚石,周围覆盖着厚厚的苔藓。

"金发藓开花了。"

"啊呀,苔藓开花了。"

两人异口同声地叫道,不由得相互对望了一眼。

这苔藓的花就像是小花裸露的雄蕊那样小,花茎比丝线还细,几乎看不到。于是,那些小花的花簇就如同漂浮在绿色的苔藓上,低低地浮着。仔细看,似乎还在轻轻地摇晃。

两人同时看到了这微妙的景象,都被打动了,竟一起脱口而出说那里苔藓开花了。但他们都无法用语言来表达这种美。

布鲁诺·陶特说:"桂离宫是日本终极建筑的发光点。"又说,"这绝妙的艺术源泉无疑就存在于冥想、凝思及日本禅学中。"这被看作是桂离宫的精华。而简洁的宫门附近,开放的苔藓之花,则在优美地展示着自己,展示着春天。

踏着铺石路,两人信步而前。在停轿处登上台阶,站到放鞋的石板前。这里叫六人鞋石板,因为可以摆放六个人的鞋。抬眼所见,都是有京都韵味的红色宫墙,与庭院分界的也是。

从墙上的小门出去,两人到了月波楼后,又返回御道,从红叶山前进入了庭院。

"这里也有铁树?"夏二意外地说。

"据说是岛津家捐赠的。"麻子说。

"可是不怎么和谐。但在那时,应该是很珍贵的吧。"

夏二走进前面的亭子坐下来,麻子就站在一边。在通往茶室的路上,有这十来棵来自热带的铁树,不能不让人惊讶。

夏二将帽子放到膝盖上。

"真静啊,连流水的声音都能听到。"

"那是鼓瀑布吧。把桂河的水引到庭院里,就是在那里落下来的吧。"

"真的吗?麻子小姐了解得真清楚。"

"我有认真地读导游说明啊。"

"高中时，我读过布鲁诺·陶特的《桂离宫》，但现在都忘光了。"

"如果跟父亲一起来就好了……"

"是啊。但这里对你父亲而言，没什么新奇的吧。如果是你姐姐来就好了。"

麻子意外地想，这是什么意思？但这话也让麻子意识到，现在只有她和夏二两人。

"听到没？刚才云雀的声音。"

"是来时路上的云雀吗？"夏二也侧耳倾听，"确实在叫。但怎么知道是那麦田上的云雀呢？云雀很多的。"

"就是那只。"

"女人啊……就是这样。你姐姐也是。当百子小姐看到我的旧帽子，就马上认为是我哥哥的旧帽子。虽然你姐姐猜对了，但学生的旧帽子都是一样的。所以她就这么认为是我哥哥的旧帽子，也太奇怪了。"

"不过这里没有别的云雀了呀。"

"有的。"夏二斩钉截铁地说，"你姐姐觉得我像哥哥，眼睛、耳朵、肩膀……她总是在寻找我和哥哥相似的地方。我不喜欢这样。"

"我理解。不过，为了姐姐，你像你哥哥不是更好吗？"

"为什么？"

"那样姐姐就能得到安慰了。"

"不，大概是相反的。比如让你姐姐看桂离宫，不是比看像哥哥的我更好吗？即便我哥哥在百子小姐面前戴过这顶帽子，这帽子又留下了什么呢？"夏二有些激动地抓住帽子站起来。

"我跟姐姐正好相反。我对你哥哥一无所知，所以想通过你来想象你哥哥。"

"我也不喜欢。我不是哥哥活在世上的影子，即便是兄弟，也有很大的性格差别。"

"是的。"

"命运也完全不同。就像我跟你说话，就不会想起你姐姐。"

"我跟姐姐长得不像呀。"麻子顺口说道，脸却红了，"而且，我跟姐姐都还活着。"

"是啊。我哥哥死了，身体、样貌都没有了。所以，就可以想象出任何的身体和样貌。那天之后，我说了父亲。他看到百子小姐，就想起死去的儿子，又是悲伤，又是喜爱。这是父亲不由自主的感伤。百子小姐感受到的悲伤，和我父亲感受到的悲伤，是不同的吧。"

麻子点点头说："不过……"

"我并不清楚，现在死去的哥哥和活着的百子小姐之间的那座桥，是被人架设的，还是自发的呢……"

"我也不清楚。不过我认为是自发的。"麻子说。但她想，假如那桥枯朽了，毁坏了，那过桥就变得危险。百子会是第一个从那桥上掉下去的人吗？

"我想，那该是没有对岸的桥吧。活着的人架起的桥，却没有对岸的支柱，就成为悬空的。这桥无论延伸多长，也到不了彼岸。"

"你的意思是，对方一旦死了，爱就终止了？"

"我是站在活着的人的立场来说的，也就是站在百子小姐的立场来说的。"

"我不相信天堂或者极乐世界。但为了死去的人，我相信爱的回忆。"

"是的。作为回忆，像桂离宫这般静静地待着，不对活着的人造成伤害……"

"是的。即便姐姐到桂离宫，如果你也在的话，她还是会想起你哥哥的吧。"

"总之，哥哥死了，就不能参观桂离宫。但我们还活着，所以我们能来参观。明天想参观的话，还能来。就是这样。"

"唉。"

"即便只有一朵美丽的花，我也要活下去。是有这样的一句话吧。"

"不过，姐姐为什么要对父亲和我隐瞒你哥哥的事呢？"

"可能是因为她知道，这是不能实现的爱吧？她能看到悲剧的结局……"

"是吗？"麻子看向夏二。

"是的。百子小姐跟我哥哥的恋情，似乎是从哥哥必然会战死后才开始的。"

"真的吗？"麻子反问。

"但我们这样也有些不合适吧。到桂离宫后，我们就光顾着说我哥哥和你姐姐的事了。"

"真的呢。"麻子笑了。

"为什么呢？"

二

出了凉亭，水池景色完全地展现在了眼前。

两人走过一条小溪。

"这就是刚才听到的水声吧。就是你说的鼓瀑布。"夏二说。

"是的。据说以前的水更清澈些，流入水池的声音更像瀑布。现在的水池，变得像死水了。"麻子说。

夏二走到水池边。那里，被称作"天桥"和"道滨"的铺石路长长地延伸到池中，尽头是一个小石灯笼，前面是松琴亭。

"天桥"路段石头缝隙中，生着杂草，有个除草的老太婆在一一撬开黑黑的石头来拔除杂草。夏二站在一旁看了会儿，便搭话说："老婆婆，您是每天都来吗？"

"唉，是的。"

"几个人呢？"

"是问拔草吗？有两个人。"

"只有两个人？"

"不是所有的庭院……这里的庭院怎么说也有一万三千坪吧。我们两人只拔你们要散步的地方。"

"老婆婆，你一天多少工钱啊？"

老太婆没有回答，夏二就又问了一遍。

"说那没意思，不想说。"

"一天有两百吧。"

"那就好了……"老太婆自言自语，"只有一半。"

"一百元吗？"

"多一点，多二十。"

"一百二十元呀。"

老太婆依旧低头拔草。

"比在高尾山谷运杉树的老婆婆挣得多。"麻子接了一句。

今年的樱花开得早，麻子他们到京都后，樱花都过了盛放期，树上已长出了新叶。于是麻子就跟父亲去高尾看枫树的嫩叶。

他们从神护寺山上下来，过小溪上陡坡时，遇到了在半山坡休息的运原木的女人们。其中有个十五六岁的姑娘，两个二十岁左右的姑娘，还有四个五十多岁的妇女。少女运的是细一些的木材，笨重的原木是由年纪大的女人负责。

她们在那里气喘吁吁地歇脚，站起来时还要把原木顶在头上。那些杉木似乎要用来做粗柱子，又重又长。走的时候要用头顶起来，很是吃力，要花些时间。年纪大的女人就对麻子他们苦笑，说从深山到村庄，一天要来回三次，才能挣到一百日元，还只给米粥喝，身上根本没劲儿。

拔草的老太婆听了，说："不轻松啊。"这时她才抬起头来看着麻子，"她们虽然累，但时间短。"

"是吗？"

"腰可以一下就伸直了。"

"把木头顶在头上，这样的姿势很好吧。"

"是啊。我们这样总是弯着腰，真的没办法。"

从"天桥"回来，路没入了树丛。山茶树的花就落在苔藓上，可以从繁茂的树叶缝隙看到外面的竹子。

"去神护寺的时候，遇到拜庙歌的比赛。"麻子说。

"有些还是从很远的乡村来的，都聚在正殿，由和尚当裁判。真是太有意思了。他们模仿广播里业余比赛的样子，还敲钲鼓呢。"

"确实有意思。"

"那确实是歌手比赛，可是……"麻子回忆着，"去参观药师如来时，正殿却被拜庙歌的选手们占据了。我们站到远处听，竟比站在近处好听，有种乡村歌曲的感觉。毕竟是比赛，所以唱得都蛮好的。在大枫树下听着，仿佛到了京都一般。"

麻子想起那晚春午后的阳光，抬眼时，枫树的嫩叶在空中描绘出日本风情。

"是啊，是关西一带的歌吧。"夏二说。

"真亲切。"麻子说。

"但京都的拜庙歌会，市长、知事、社会党也会来。"夏二说，"麻子小姐来这里的时候，正好赶上知事选举，社会党的候选人当选了。报纸上说，新知事是在共产党员和工会会员的红旗下进入京都府办公厅的。据说今年的'五一'劳动节，知事和市长都会站到游行队伍的最前列。在桂离宫和拜庙歌，也是这样的。"

"我们是京都的游客……"

"我在京都有家了，但还是听拜庙歌的游客。"

"亲切的东西确实能让人感受到亲切。"

"你姐姐也去高尾了吗？"

"嗯。我姐姐听得最专心了。"

"是吗？"夏二说，"可我们又谈起你姐姐了。"

也许是没其他话题吧，或者是不想谈别的话题。

道路通向一个小山丘，上面有个 X 字亭，里面有四个座位。

座位的安放是交错设置的，所以即便四个人同时坐下，也不会对面而坐。这亭子便因此而闻名。

不对面而坐，也可以说话，或者也可以沉默。于是麻子和夏二沉默了。

不说的爱必定成功——麻子想起了威廉·布莱克的这句话。麻子并不相信这话，她还没有要相信这话的爱的苦恼。但它却成了一句难以忘记的话，铭记在心里。在寂静的树丛间，这句话如预言般袭来。

麻子感到有些沉闷。

"听不见刚才的云雀了。"

"是啊。"夏二看向前方，似乎在倾听，"坐在这里，被树挡住了，看不远。不知道是为了不让人看到周围的东西才这样建的呢，还是最初能看到远处，后来树长高了才看不见的？树木有生长，有枯死，现在的情形很难推测几百年前刚修建时的情形。但透过树缝，能看到还未凋谢的樱花，也可以了。新书斋旁边的院子里，有三四棵樱花。这里的樱花真少。"

"是的。"麻子也看到了，"到京都的那天，我父亲去大德寺时，就跟寺里的和尚讨论大德寺没有樱花的问题。我父亲说，他后来才想起《本朝画史》中明兆的话。"

"我也读过，但都忘了。"

"义持将军喜欢明兆的画，于是就对明兆说：你有什么愿望，我都满足你。明兆不喜欢金钱，也不喜欢地位，但有一个愿望。他说：东福寺的和尚们喜欢栽樱花树，但这样的话，后世的寺院就有变成饮酒游乐场所的风险。所以，请下令将樱树都砍了吧。

于是，他得到了允许，寺院的樱树就都被砍了。"

"嗯。明兆的画风很粗犷，对吧。据说，近来很多寺院都成了私人餐馆，连艺伎、舞女都可以进去……"说着夏二站了起来。

麻子也拿出镜子，整了整头发。

银
碗

一

走下X字亭,过了大石桥,便是松琴亭。

这是一块两米多长的石头,据说是加藤左马之助所捐献的。这是块白川石,所以这桥便叫白川桥。

两人站在桥上。夏二想让麻子一个人待在上面,好让自己远一点地看麻子。但这样的话,他又觉得难以启齿。

"被这石头包围着,有些压抑。"

麻子却有些心不在焉："是吗？"

"我不怎么懂庭院的置石，不过这个应该是元洲流派的吧。"

"我也不懂。"

"这里的置石，显得要求太严了。也不知道是该把它们叫严肃的置石，还是严厉的置石。这些石头的摆放，有着相当神经质的技巧，一起刺激着我们的神经。不是凸凹，就是尖窝……"

"就是些石头罢了。"麻子轻轻地说。

"但它们不是一般的石头。这些石头的组合，是要表现某个意境。把自然的石头放置在自然的土地上，就可以创造出一种美，这是我们无法想象的。其实，这是我们没有观察庭园的素养。这些意味深长的石头群，或许让我们觉得很闷，不过石头多的庭院应该是这样的。但这里的置石，似乎还是过于复杂了。"

"我搞不懂。你不是要看看这附近的置石吗？"

夏二回头看着麻子说："我在这石桥上看着周围的置石，突然感到这不是我们走的桥。一座放在置石中的石桥，上面站什么人更合适呢……"

"桂宫的亲王吧。"

"桂宫时代的人？但我想让麻子小姐站在那里，好看看麻子小姐。"

"啊？"

麻子羞红了脸，便要躲到夏二的身后去。

夏二却又强调说："我真是这么想的。"

"为什么？多难为情啊。"

"这样，回忆里就不只有石头了呀。"

"这，不是一般的石头吧？"

"对了，刚刚我们还说过桥，我死去的哥哥和麻子小姐的姐姐之间的桥。"

"是啊。"

"那是人心中的无形之桥，而这是三百年前就牢牢架设在这里的美丽的桥。如果人与人之间也能架起这样的桥……"

"石桥？架座石桥在心里不觉得难受吗？我觉得还是彩虹一样的桥才好。"

"是啊，心中的桥或许就是彩虹桥。"

"但这座石桥，或许就是心中的桥。"

"也许吧。这是为美而创造的石桥，是艺术。"

"嗯。而且桂宫的智仁亲王每天都读《源氏物语》，这桂离宫就是为《源氏物语》而建的。过去就这么传说的，对吧。松琴亭那边就建有明石的海滨……"

"不像，都是些奇形怪石。"

"不过游览说明书是这样写的。据说智仁亲王的妃子出生在丹后，所以这里也建了那里的'天桥'。"

看着"天桥"，夏二走过了石桥，走进松琴亭长长的屋檐下，进到屋里静静地坐着，观赏刚刚走过那一路的置石。两人又走到左边的茶室，也在那里坐了会儿。

他们从茶室出来，经过配房，进入正房默默地坐着。从客厅到配房的隔扇是相间的浅蓝色和白色方格，贴着加贺奉书纸。这间典雅而华丽的客厅，以大胆奇异的设计而闻名。狭窄的廊下突出的地方，设计了茶道的洗茶器处和炉灶。

水池从松琴亭的右边绕着流向左边。坐在正房中，水池左右的景色却非常不同。有着洗茶器处的右边，能看到刚才来时的石桥和置石，都是比水庄严的石头。向着莹谷方向的左边，只有水池，没有石头。凝重而深邃的池水，广阔地扩展开。

那些深思熟虑的置石，似乎是要把整体的精神提振起来。夏二想着，却也不太确定。

"我总觉得这里有些奇怪。"夏二说。

麻子回避了夏二的目光，看着水池。高大杉树的左右，是月波楼和古书斋。杉树的树梢已然干枯，但月波楼前的树墙却长出了嫩芽。

二

回到东京后，麻子觉得她对桂离宫的印象更深了。

父亲教她如何欣赏桂离宫，便把桂离宫的照片和参考书都拿出来放到桌上。麻子看得很认真，她就是有这样的秉性。比如，她去了法隆寺，回来后就把能找到的研究法隆寺的书都拿出来阅读。听了莫扎特的演奏，便查阅莫扎特的其人其事。

"还是事先查阅更好吧，事后查阅还有什么用。也许麻子要等到出嫁了以后，才开始调查对方呢。"百子揶揄她。

但麻子的这种秉性，却深受父亲喜欢。就连她在别处看到没见过的菜式，回家后也能巧妙地将其做出来。所以，麻子研究桂离宫，也该是一种习惯。但百子却对此报以怀疑的目光。

麻子把新书斋正房的照片给姐姐看，还说："我还在这个高地板的房间里坐了一会儿。"

百子回道："是吗？夏二也……"

麻子没有察觉到姐姐的嘲讽。

"他没有。我也只是把膝盖伸到书斋窗子的木板下，坐着看了会儿隔壁的院子。"

正房的九张榻榻米中，有三张榻榻米略高，是上座。上座对应的天花板则有些低。里面的墙壁上，是著名的桂木搁板。麻子说，那上座就像是扩大了的客厅凹间。

麻子坐的地方是附属书斋，一块低矮的桑木木板被放在那里代替书桌。木板下开了个小窗，方便夏季时通风。

麻子拉开了拉窗，坐在那里看书，夏二便把外面走廊的拉窗也打开了。

窗外，是稀疏的树木伸展的嫩叶。

"你看这照片，想着麻子我就坐在这书斋的窗前，是不是觉得很怪？"麻子对姐姐说。

"是啊。"百子答得心不在焉的，"麻子怎么没拍照啊。"

"那是当然。姐姐瞎说什么呢！"麻子笑了，"姐姐，你如果也在就好了。"

百子罕见地坐在缝纫机前，麻子就站在那里，看着放在缝纫机板上的照片。

"在桂离宫，我跟夏二就光顾着说姐姐的事了。"

"我的事……"

"嗯，还说了夏二哥哥的事……"

"是吗？"百子的声音变得很冷淡，"可能吧。但我不喜欢……"

"什么不好的事都没说，我们都没说你们的坏话。"

"我不喜欢那样。麻子装作想念姐姐，说姐姐的好话。"

"嗨，你这么说太不近人情了。"

"夏二也说了想念哥哥的话吧。"

"是啊。"

"那些不过都是你们臆想的，根本不是事实。"

"我可没有装作姐姐的事什么都知道的样子去说话。"

"是吗？那就怪了。"

百子猛烈地踩着缝纫机，缝到棉布衣服的抬肩时，下摆被颠到了照片上。

"希望你在跟夏二谈论的时候，就当是社会上的传闻，漠不关心地随便聊聊就行。又是同情又是体谅的谈法，我不喜欢。"

麻子默默地看着姐姐缝纫的手。

"你们谈论的那些理解，不过是臆想罢了。"

百子手指颤抖地用力按着布。

"当然，你们谈了什么，也只是我的臆想。可麻子平时跟我聊到爸爸时，都是偏向爸爸的……"

"姐姐！"

"怎么了？你哭了……你很温柔善良，这很好。但如果喜欢自己的善良，就是在娇惯自己。对爸爸和我，你也总是安慰、解救……"

"解救……我没那么想过。"

"不过，爸爸确实被你解救了。爸爸很天真，虽然这样说有些可笑，但……"

"是的。"

"我性格就是这么怪。而父亲就是天真，他想把麻子嫁人，却觉得没有哪个男人配得上你。"

麻子被说得不安起来。

"那是父亲没有把对女儿的感情处理好。你们两人互相娇惯，这样好吗？不久之后，麻子就会明白，越是温和善良的女人，就越是痛苦悲哀。"百子的缝纫机稍微停了停，"我这样说，你会觉得我是在嫉妒吗？"

麻子摇了摇头，百子便继续踩起了缝纫机。

"不，我太嫉妒了。我虽然不知道你们在桂离宫是怎么说我们的，但我最近却在想，与其让青木先生那样死去，还不如我把他杀死。"

麻子觉得百子说的是反话。

"你的意思是，你现在不爱青木先生了。你现在恨他。"

麻子顺着她的话说。

"就说我母亲吧，如果要死的话，就先把爸爸杀死，如何？不要因为不能结婚就自杀，把对方杀死不就行了吗。我这也是在教你。"

"姐姐！你这是怎么了？"

"但那样的话，就会有一系列奇怪的事。我母亲把爸爸杀了，麻子就不会出生。我母亲和你爸爸结婚的话，麻子也不会出生。这样想来，真觉得不可思议。"

麻子听得直打冷战。如果百子的母亲没有自杀，父亲不和麻子的母亲结婚，麻子就不可能出生。但姐姐为什么要那样说？麻

225

子觉得姐姐有些可怕。姐姐仿佛在把长期以来的怨恨和诅咒，以及心底的毒箭都统统倾吐出来。麻子有种被抛弃的感觉，仿佛被推倒在地，浑身冰冷。

麻子跟姐姐恋人的弟弟谈了姐姐的事，并将其告诉姐姐，怎么就伤害到了姐姐的感情？这是麻子前所未料的。

麻子离开了姐姐，坐回自己的床上。这间二楼的十张榻榻米大的西式房间中，放着姐妹各自的床，以及镜子和缝纫机。

"麻子，你先休息吧。是不是觉得吵？"百子说，"再一个袖子就好了。"

麻子却一动不动地用手支着床。

"听说下周日夏二先生会来？毕竟在京都受到了青木先生的关照……但我不会在家。我讨厌这件事，见到夏二先生，我会害羞的。我是到青木先生家拜访时听到的，爸爸对青木先生说了京都妹妹的事。可他们没有对我们说，你也没听说是吧。"

不等麻子回答，百子又去踩缝纫机了，还说："听到这个，我就不想再去京都了。我们父女三人去，结果三人都散了，而且是心散了。麻子对爸爸和我，以及京都的妹妹都很关心，可爸爸对自己朋友说的心里话，却对麻子隐瞒。我不想在家里见夏二先生。这样你或许会觉得我向着爸爸，但事实上我只是嫉妒。一等的嫉妒。即便我怀疑我的爱情，也不会怀疑我的嫉妒。"

听着百子的话，麻子心里像针扎般难受，也觉得似乎看出了什么。她悄悄换了睡衣躺下，可一闭眼，就想起姐姐恶毒的话语。但她没有流泪。

"你睡吧。"

关于麻子总是对父亲和姐姐进行安慰和解救的话,虽然是姐姐的讽刺,但麻子不由得思考其真实性。

百子缝上袖子后,到麻子的床前站了一会儿。麻子以为姐姐要说什么,可睁开眼,百子却什么都没说。

百子下去拿了父亲的洋酒上来,从衣橱中拿出个银碗,往里斟了点酒。刚要喝时,又想起了什么似的,起身关了灯。

当房间暗下来时,麻子的眼泪情不自禁地汹涌而出,大哭起来。

"麻子起来了?"百子轻轻问,"所以,你就这么讨厌。"

"姐姐,为什么,你为什么要欺负我?"

"是嫉妒吧,一定……"百子在黑暗中喝下那杯酒,"喝点安眠药。"

三

正如百子说的,夏二来的那天,百子带着竹宫躲到箱根去了。

他们坐着客车从东京去到箱根的深处。百子一路闭着眼,过横滨时,窗外飘来麦田的香味。

"是沿路的松树吧?"竹宫问。

阳光照进客车,让松树的树影掠过少年的脸庞。

百子睁开眼睛:"请别用女孩的腔调说话。"

"我的声音本来就像女孩。我还和姐姐一起用女声唱过歌,不是吗?"

"是,那个下雪天,在芦湖……"

"大雪啊。"

"我们在下雪前就设法离开了湖面。"

"我喜欢那天。回来时还遇到大客车在大雪纷纷的山顶无法前进了。这样的回忆真好。"

少年抓起百子的一只手放到自己的膝盖上,抚摸着她的手掌。

"姐姐的手真凉。冬暖夏凉的手,真好。"

百子却想,少年感到的,一定不仅仅是手。

"是吗?"

"女人都是这样的吗?"

少年坐在靠窗的座位,看沿路粗壮的松树在车窗外掠过。

由于不是周末,客车很空。当客车进到马入河时,听到了火车铁桥周围的乌鸦在鸣叫。终于,客车驶过了汤本,来到了箱根山。

百子从手提包里取出一条金项链戴上,项链的坠子就搭在锁骨的凸起处。

百子无心说话,就有一搭没一搭地回应着竹宫的话。两人在街市下车后,一路走到一间很近的旅馆。本是准备住在这里,百子却没有订房。她走到大厅,在靠窗的位置坐下。

"还想继续走吗?过湖吗?"

"我听姐姐的。姐姐坐车定是累着了。"

"累是累了,可还想走。本来想住这里,可还在施工,还是算了吧。"

朝着湖水的庭院,正在进行扩建。刚刚打好地基,挖得很深。百子想着早晨可能被施工队的声音吵醒,便决定下午坐两点半的船去湖尻。见还有时间,便先吃了午饭。

游船上,大多是从元箱根上来的乘客,甲板上坐满了人。竹宫对百子说，见到了右边湖岸上的山中旅馆。

"那旅馆的新绿定是很美吧。"

"新绿？在京都不是看过了吗？东山的米槠长出了新叶，应该开花了吧。"

"我没看什么东山，只顾着看姐姐了。"

"真会撒谎。我不是跟你说闻到米槠和栗树的花香了吗？"

"即便是现在，我也没看芦湖。"

细小的波纹在湖面粼光闪闪，许是船朝着午后的太阳行驶，船后的波浪映照了阳光。而船的前方，依旧是水色浓郁。细细的闪光向南岸扩散，仿佛春季地面蒸腾的游丝。

万里晴空中，只有前方富士山的周围飘荡着白云。

大多数乘客都坐上了从湖尻开往早云山的大轿车，拥挤的车内挤满了人，还有很多站着的，让坐着的百子头都抬不起来。

大轿车在大涌谷高处的火山口绕了一周，停下来时，百子回头看了眼湖水。行驶在树林深处的大轿车旁，不时掠过树枝。竹宫就将手伸出车窗，竟采到了长得高的草花。

乘着缆车，两人从早云山到了强罗，竹宫才将草花放到旅馆房间的桌子上。

"姐姐。"少年抓住百子的项链用力拽了一下。

"疼！我不疼的吗？"

"可你老把我的事忘了。"

百子准备把项链摘下来。

"戴着，戴着多漂亮，我不拽就是了……"

"是吗？小宫喜欢……"百子觉得是金项链诱惑了少年，不由得感到一阵悲哀。

但百子还是戴着项链进了温泉躺下,竹宫就在一旁衔着项链晃了晃。

"小宫有玩具了。"百子说。

竹宫依旧衔着项链,却把脸贴着百子的脸哭了起来。

"别演戏了,都不纯洁了。"

"姐姐,你要抛弃我了吗?"

"又这么说……不是抛弃,是分别。"

"那不是一样的吗?我不虚荣的。"

"是吗?但小宫有些病态,一旦分别了,会很可怜的。"

"什么,病态,不纯洁。我要杀了你。"

"好啊,就请吧。"

百子的胸脯感到了少年的嘴唇,她想起了那个银碗。

自从启太的父亲将银碗给她后,她往乳房上扣了好多次,但那里已经放不下她的乳房了。

耳后

一

百子醒来时,没有看到竹宫。她仿佛从梦中醒来,又回到了梦中。

"咦,不见了。"

她心里想着,却没有说出来。

她的头有些麻木,但心情很好,还想再睡会儿。突然,她又想起半夜曾醒过一次。

"啊,小宫不会真想杀了我?"

她彻底清醒过来,用手摸了摸脖子,金项链不见了。

"是小宫拿去了吧。"百子放心下来。

半夜她醒来的时候,没有看竹宫在不在。但她记得当时有小鸟的鸣叫,所以即便感觉是黑夜,实际上也应该是黎明吧。那时比现在更像身在梦境,如同是昏迷后醒来又再次昏迷了一般。

昨晚,百子就是假装昏迷而睡着的。在那之前,竹宫在后面拉她的脖颈叫她。

"姐姐,姐姐。"

"疼,很疼的。"

"姐姐不把脸转过来,我不高兴。"

"这样有什么不好?"

"我觉得很悲哀。"

"真的?小宫悲哀了?"

"我是认真的。从后面看姐姐,让我觉得不安。"

"可我喜欢从后面看小宫的脖子。"

"你这兴趣也太奇怪了。"竹宫温柔地搂着百子的脖颈,"姐姐为什么喜欢背后的拥抱?"

百子喜欢从后面拥抱竹宫,也经常让竹宫从后面拥抱她。和竹宫之前的西田也是这样。和其他少年也都是这样。

之前,百子盘起后面的头发,本是想方便竹宫亲吻自己的后颈,却被麻子看见了,让她很是羞恼。现在又被竹宫指出,让她备感狼狈。

"不用看脸,更能感受到温暖呀。"百子顺口答道。

"温暖？姐姐撒谎。看见小小的我，才会温暖。姐姐一定是做了愧对我的事。"

"是啊，的确做了不合小宫心意的事。"

"你又搪塞我。是因为你不爱我吧。"

"又说什么不爱，这是可以轻易说的吗。小宫总是很随便地说什么不爱啊，被抛弃呀，这样一辈子都会觉得缺乏爱的。"

"姐姐，你还是在蒙我。你在我背后，其实是在想别的事。"

百子却在枕头上摇了摇头，项链滑到了下巴下。对于竹宫的话，她并不在意，只是沉默了一会儿。

"小宫，你看看我耳朵后面，耳朵到头发间到脖子处，已经有细纹了……年龄在这里是藏不住的。"

"看见了，"竹宫说，"很清爽漂亮呀。姐姐的耳朵后面，就和姐姐的心一样，都那么清澈纯洁。"

"你可真会奉承。可即便你说的是真的，这些奉承也只能灌到耳朵，而不是耳后。"

百子说着，竹宫吻了她的耳后，让她禁不住缩起了肩。

"刚刚在温泉，我就看见了。姐姐肩膀上的、从脖子到胳膊根的那些细纹，隐隐约约的，它们在胳膊根那儿圆乎乎的，我很喜欢。"

说着，竹宫轻轻地握住了百子的胳膊根。

"真会奉承。"百子嘟哝。

少年握了一会儿后，松开手向百子的胸部滑去。

"我总是追在姐姐身后，所以有些担心。"

百子对竹宫的女孩腔极不耐烦。她原本就是因为他那女孩腔才勾引他的，结果一勾引就成功了。然而才没过多久，百子就厌倦了这种腔调。

一开始，百子以为他是个有教养的孩子，只是有些娇惯罢了。但事实上，他就是在装腔作势，假装成熟而已。这让百子反而有了一种自己是男性的优越感。竹宫就此成了百子的玩物，百子也乐此不疲地近乎残忍地玩弄他。

百子对竹宫的爱，有些像跟比自己小的少女谈同性恋一般。但她很快察觉到，竹宫的女孩腔似乎是他自己难以割舍的同性恋情结。这时她才发现，之前的西田似乎也有此倾向。

所以，百子和竹宫之间，并非男女之爱，而是变态的同性恋吧。

"病态，不纯洁。"这是百子对自己的嘲笑，但百子也会把这话甩给竹宫。

百子心里知道，真正凄惨的还是她自己。竹宫虽是一副女孩腔，但好歹通过百子了解了女人，这难道不就是从同性恋的病态中解脱了吗？那仿佛少女般的少年身体，即便皮肤依旧润滑，那骨骼和体态也在逐渐变化成一个男人。

百子也在变化中。以前启太用她乳房制作的银碗，现在已经放不进她的乳房了。看着变大的乳房，百子吃了一惊。

百子也是个成熟的女人了，但她还没有抹掉对正常的男女之爱的惊恐和反叛。她冷淡的内心，仅能容下少年。

竹宫敏感地察觉了百子的异常，并为此而焦虑，而悲哀。

百子的自尊心不允许少年知道她身体的秘密，所以必须在少年成为真正的男人之前与之分别。这次来箱根，为的就是分别。

"姐姐，想什么呢？"竹宫在耳后轻声说。

"真啰嗦。"

"我们来的路上，你就没怎么正经跟我说话。"

"我什么都没说呀。"

"如果没说，就请看着我。"

"我看了。"

"撒谎。"

"即使看了，也难受。"

"那是因为你要抛弃我。"

也许是吧，但百子所想的，却是夏二来家里的事。为什么她必须躲到这里来？为什么就无法在家里待下去？可即便从家里出来了，无论在车上还是在船上，她都感到不安。

不管是启太的父亲，还是启太的弟弟，都长得像启太。因见他们而痛苦，让百子怀疑自己是不是太过脆弱。

同时，百子又想，如果妹妹爱上了夏二，自己为了不妨碍他们而躲开，是不是又太善良了。

百子想不明白。总之，她茫然地带着竹宫到了箱根，心里想的却是夏二的事。

"小宫。"百子叫道，"小宫有没有需要控制自己悲哀的时候？"

"悲哀？"

"这样和我一起，难道不悲哀吗？"

"不，不是。"竹宫痛苦地扭了扭身体，"姐姐想把我推到悲哀里去了，姐姐是要抛弃我了。一定是这样的。"

"如果你明白，我们就分手吧。"

百子又接着撒谎："我收到了你母亲的来信，上面写着：请还给小宫真正学生的面目。"

"什么?"竹宫怯懦地说,"姐姐竟然把我家的事也拿出来撒谎?"

"我一直都忘了小宫也有爸爸妈妈,这是我的错。"

"这不像姐姐说的话。我不想这么被抛弃了,还是直接说不爱我好了,反正姐姐谁也不爱。"

"我爱的呀。"

"爱你自己吧。"

嗯,爱死去的那个人……百子想着死去的启太,却说:"爱死去的母亲……"

"你妈妈?芦湖下雪的那天,你说的是爱你爸爸。"

"是吗?那也是一样的,我母亲是因为爱我父亲而死的。"

少年把脸贴到了百子的脖子上,眼泪滴到了百子耳朵的下面。这滴眼泪,却像是滴进了百子的脑子里。

"我爱姐姐,才要杀姐姐。这是我的心里话。"

竹宫的声音在颤抖。

"那就杀吧。"百子好像在耳语一般,"那很好。"

"如果被姐姐抛弃了,我就要当个流氓。我要不断地玩弄女人,抛弃女人。我要比姐姐还玩得高明。"

百子吃了一惊,却冷淡地说:"是吗?小宫很高明……"

"我不想,不想!姐姐,救救我。姐姐还不了解我。"竹宫开始猛烈地摇晃百子,"我是要被抛弃了吗?就算姐姐变成了恶魔,我也不想被抛弃。"竹宫用力地搂住百子的脖子,使劲摇晃,"你还是要抛弃我吗?这样姐姐也还要抛弃我吗?"

百子只感到一阵眩晕。竹宫疯狂倾吐的话，一直在百子耳畔回响。

竹宫用两只胳膊紧紧搂住百子，让百子透不过气来。痛苦中，百子似乎停止了呼吸，身体开始一抖一抖地痉挛。

猛然，竹宫松开了胳膊，百子深吸了口气，浑身麻木。

黑暗中，百子感到竹宫的手摸了过来，便屏住呼吸，假装死了。她不知为何要如此，但心里是热辣辣的空虚。不久，她便昏昏沉沉地睡着了。

起床后她去洗澡，感到脚下发软。她一边洗脸，一边为竹宫拿走她的金项链而高兴。

百子觉得奇怪，她一点也没想到正被杀害，也没有进行反抗，甚至过后也没感到恐惧，就那样麻木地睡着了。

二

从箱根回来后，百子懒得外出，整天都待在家里。

她多半都坐在缝纫机前，似乎要把麻子的夏季服装统统包揽下来。同时，她还设法把麻子的旧衣服改成新样式，毕竟麻子喜欢西式。

"姐姐给我改衣服，真不好意思。"麻子说。

"我就一时高兴，让我随意吧。如果不喜欢，不穿也可以。但情理上，也该穿穿……"

百子的话，大约不是在挖苦。

"都让姐姐做了，我变得无事可做了，很不好意思啊。"

"是吗，麻子……"

"除了洗衣服，似乎就没什么可做的了。"

"那就使劲儿洗衣服吧。"

"嗯。"

百子笑着回头。

"你这人就这么讨厌，不那么操心不行吗。"

"啊！"

"你担心爸爸，为爸爸操心，我都看在眼里。我以为那是我的偏见，似乎又不是。可麻子你有注意到吗，这样对爸爸也不太好？"

"我没注意。"

"是啊，把话都说出来，我自己都觉得过分。但你很像你妈妈，可你妈妈也没有对爸爸那样。"百子说得很温和。

但百子的话，还是刺痛了麻子的心。麻子觉得这像是外人在观察自己，像个继女的观察。

"你没有觉得自己在爸爸身周拉满了关心的网吗？我都能看到你那些漂亮的蛛丝在阳光下闪光呢。"

"我不知道呀。"

麻子愣愣地回答。心里却在问，自己在和姐姐争夺父亲的爱吗？麻子总觉得姐姐最近每谈到父亲，话语中都带着可怕的东西。

百子就是百子，她说话时，心里想着的却是在箱根强罗旅馆里那对不认识的姐妹。

当时百子吃不下早饭，就想知道竹宫是回了东京，还是只是出去了还会回来。她想找女招待问竹宫离开时的情景，但又觉得不知道该怎么说。

百子没看女招待,而是把视线转向了庭院。这个旅馆原是藤岛财阀的别墅,七八个客房却配了五六千坪的庭园。向山谷倾斜的庭园,保持着自然的林貌。茂密的树木,根本没有一丝人工的痕迹。百子的客房前,就有一棵大栗树。

突然,她听到一个女人的声音。她向声音处望去,是一个姐姐呼喊走到庭园里的妹妹。

"是两姐妹呢,长得可真像。"百子对女招待说。

"是啊,真是不可思议,竟然一模一样。"

"嗯。她们都带着差不多大的孩子呢。"

"真的呢。丈夫也一起的吗?"

"是。还有夫人的母亲。"

"她们像母亲吗?"

两姐妹从百子的屋子前走过,沿着庭园的路走了。她们的眼睑线条虽不够温柔,却有着大大的眼睛、白皙的皮肤、浓密的头发、棱角分明的脸。姐姐看起来比百子小了四岁左右。两人都背着还在吃奶的孩子,好像都差不多大小,还不满周岁。两个母亲都穿着旅馆的睡衣,婴儿们则穿着相同的红衣服。百子觉得那应该是祖母给的。

茂密的杜鹃花挺立在庭园的小路旁,遮掩了姐妹俩的下半身,远处是更为浓密的树叶。从远处看,更觉得她们是一对孪生子。绿叶中相似的脸,背着红衣的孩子,如此神圣的画面,让百子入神。

但当她们向后走时,露出了又粗又短的脖子,粗糙的皮肤,背着孩子的后背更有肥厚的肉,让人觉得粗俗不堪。

"嗯。"百子笑了，有些自我嘲笑的意味。

相似的相貌，背着的婴儿，让百子感受到了一种神圣的幸福。也许这份幸福投射在了竹宫不在时自己脆弱的情感上。

后来百子却想，自己姐妹间长得不像，也许是神的意志，也许是人的胜利。

后来，竹宫来过很多电话，百子都没接。他又到家里来，被女佣谢绝了。但他不回去，就待在外面。

"我去吧。"麻子说。

"好吧。让麻子费心了……你就跟他说姐姐死了。"

"啊？"

"你说了他会懂的。"

一小时后，麻子担忧地上了二楼。

"姐姐，我以为只有竹宫一个人，可还有一个叫西田的也来了。"

"是吗？怎么还跟个孩子似的。"

"另外，还有两个人，一共四个人。"

"是吗？"

"他们都很同情小宫，说要一起死。他们非要见姐姐，说什么都不听。"

"姐姐也算如愿了，就出去跟他们表示一下谢意吧……"

"姐姐，你出去会有危险的。"

"不怕，都是些老实孩子。"百子皱起眉头，"再过十年就知道了，受伤的，只有作为女人的我……"

麻子默默地看着姐姐。

"说什么时间能解决一切，可时间只是为男人流逝的。葡萄牙文中有这样的话：当我全力以赴地治疗爱情创伤，才知道自己陷得有多深。麻子，你也要当心。"

麻子走到窗前俯看道路，却不见少年们。

百子说："麻子，你晒黑了。"

"打网球时晒的……"

"可也太黑了。"

"但我喜欢夏天。"

"你经常跟夏二先生去网球俱乐部吗？"

"不。"

麻子离开了窗口，此时百子已经坐到了缝纫机前。

十天后，麻子因急性肋膜炎住院了。夏二到家中来拜访时，百子才知道麻子没有把自己的病情告知夏二。为什么呢？百子突然同情起妹妹来。

"妹妹不在家，父亲让我去博物馆，我正准备走。事情马上就能办完，我们一起走好吗？"

夏二点头说："好。暑假我就要回京都了，回去前特意来拜访。父亲想请你跟我一起去。"

"是吗？谢谢。"

从博物馆出来，百子看到草坪樱桃树下躺着的夏二，便一起走到上野公园。

百子问："夏二先生是夏天出生的吗？"

"是的，所以我才有这名字。我出生在八月，但我却怕热。"

"可京都很热呀。"

"是啊,不过我也喜欢夏天。"

百子忍着笑,假装严肃地说:"你打网球把自己晒黑了?"

"是的,晒得很黑。"

百子却想,夏二的哥哥启太在军队时也一定是晒黑了的。她觉得夏二有股夏季男人的味道,启太的味道。她只得从夏二身边悄悄地离开。

总待在家的百子,在烈日下累了。

彩虹的画

一

麻子出院时,已到了秋天。

住院时,麻子每天都看着病房墙壁上挂的那幅彩虹画,那是米勒的《春》。

当麻子能走到医院走廊的电话前时,给父亲打了电话。

"我想看画。下次请您把藤岛武二的画集带来。"

"啊——藤岛的那本大画集?那也太重了,你躺着看不方便吧。"

"是的,但里面有彩虹的画。"

"彩虹的画?是画有彩虹的画吗?"

"是的,是悬挂在湖面上的彩虹。"

"是吗。我们有米勒彩虹画的复制品,麻子忘记了吧。"

"米勒的?我不记得了。"

"是吗。那画放哪儿了呢?我找到的话,就连同藤岛的画集一起给你带来。"父亲说。

翻开藤岛的画集,里面有一幅题为《静》的彩虹画。是大正五年文部省展览会展出的作品,是麻子出生前的作品。

米勒的《春》和《虹》,则是在1868年的沙龙展出的,距今八十年。是麻子父亲出生前的作品。

就在这幅画展出的前一年,米勒的九幅作品在万国博览会展出,获得了一等奖,还获得了政府勋章。时年他五十五岁。在经历漫长而艰苦的战争后,他终于迎来了光荣和胜利。

据说米勒的《春》还没画完就在沙龙中展出了,真正画完是在六年后。完成画作的第二年,米勒便去世了。所以这是米勒最后的名作。

"米勒的这幅画,麻子没印象吗?"

父亲在医院又问。

"没有。"

"是啊,"父亲思索着说,"那时你还小,你长大后,这画还没展出过吧。"

"我没有见过。"

"是啊,也许吧。爸爸去西洋的时候,买了不少名画复制品当纪念品。大多数的画都送人了,只有这幅,你妈妈说喜欢,就留下了。"

"妈妈喜欢这幅画?"

"是的,所以就装镜框里,被你妈妈挂房间里了。"

"我也喜欢……"麻子坐在床边,一边入神地看着复制画,一边用袖子擦着镜框的玻璃。

"彩虹有些靠边儿。"

"是啊。"

"这是苹果花。"

在冬去春来的原野上,萌发着青草,三四棵苹果树开满了白花。对面的山丘上,树木泛起了嫩绿。红色湿润的泥土上,黑色的雨云中,大大的彩虹从左上方悬挂,一直延伸出画面,仿佛在为欣欣向荣的春天祝福。

百子来看望麻子时,这米勒的《春》就挂在病房的墙上。但百子背对着那堵墙,所以没注意到。

"姐姐,那幅画是爸爸送来的。"

听麻子说,百子才回过头,"哟"了一声。为了更好地看画,她向后退了退,手支到了麻子的床上。

"哦,这画到这儿了?"

"姐姐记得这幅画?"

"记得呀。"

"是吗?但我不记得。爸爸说我应该有印象,可我却想不起来。"

"也许吧。"

"听说妈妈喜欢……"

"嗯,这画一直就挂在妈妈的房间里。"

"真的?姐姐你记得?"

"当然记得。我被爸爸从乡下领回来收养时,就看到这幅画挂在妈妈房间里。"

麻子惊讶地看着百子。

"我对它的印象很深。"百子说,"也许是你病了,让爸爸想起了妈妈,所以就把这画拿出来,好让妈妈守护你。"

"不,是因为我想看有彩虹画的藤岛武二的画集,就打电话请爸爸带来。结果爸爸说还有一幅米勒的彩虹画……"

说完,麻子把藤岛武二的画集拿出来。

"我想起了琵琶湖的彩虹,就想看这幅名为《静》的画。"

"是吗?"

"爸爸说,米勒那幅画是他去西洋买回来的纪念品……"

"是吗?那我被领回来,也是爸爸去西洋的纪念品。"百子突然有些犹豫,但很快又若无其事了,"爸爸是去了遥远的西洋,才想起了我的母亲和我。所以就写信给麻子的母亲商量,麻子的母亲结婚时是知道我的。由于我的母亲没能跟爸爸结婚而死了,我就待在母亲乡下的家里……现在一切都过去了,但爸爸是可以把我舍弃的,是爸爸在遥远的西洋才变得胆小了吧。麻子的母亲也可能因为远离了爸爸而胆小了。"

百子用了很正式的称呼,"我的母亲""麻子的母亲",这让麻子不怎么习惯。不过麻子现在已经没那么纠结了。尽管如此,麻子还是无法理解年轻父亲在外国旅行期间会想起别的女人和孩子的悲切。

"所以，能成为麻子的姐姐，我很感激。我就像是爸爸去西洋买回来的纪念品。被爸爸领回家的那一天，我就见到了米勒的这幅画。"百子说。

麻子看着画说："可我不记得了。"

"第一次见到你时，你还被妈妈抱在怀里。你当时看我的眼神很奇怪。你妈妈说：'麻子，这是姐姐，以后有姐姐了，你很高兴吧。'你当时害羞地去看妈妈，妈妈就搂住你，你还去摸妈妈的乳房。我看着觉得很悲哀，更是嫉妒。在乡下时，别人就经常跟我说，就要当你妈妈的那个人有个可爱的孩子，很像你妈妈。那时我就想，她并不是我妈妈。"

"我也不记得了。"麻子轻声说。

"是啊，我们是异母姐妹这事，还是我告诉你的。那时你几岁来着？"

"六七岁吧。"

"是的，是你七岁的时候。那时我觉得很难过，觉得作为妈妈的亲生女儿不知道底细，反而是继女知道，而姐姐又将内情隐瞒了来关心照顾异母妹妹的话……我觉得好像从你那里偷走了什么，感到很内疚。于是当我说出我们不是一个妈妈时，你哭了。我突然浑身发抖，你吃惊地看着我，便不哭了。"

"那时的事，你也记得这么清楚。"

"那时为什么发抖呢？后来我想，应该是因为我太逞强了，所以连自己也讨厌自己。我想，或许你也知道一些。"

麻子摇头。

"我当时发着抖,不希望你告诉爸爸妈妈。"

"都过去了。"

麻子躺下,盖上毛毯。

"是啊,不说了。是看到这画才有感而发。"百子转身坐到画下的椅子上,"关于彩虹画,好像广重也画了。是在哪儿见到的呢?也许是画集吧。那是在大海上悬挂的彩虹,那里应该是洲崎。"

"彩虹画应该很多吧?"

"是的。广重画的是江户八景,所以应该跟琵琶湖有关。我下次把广重的画集也给你带来,好吗?"

"好啊。"

"那洲崎的彩虹画,是淡淡的那种,虚无缥缈的感觉。"

百子也许就是在无话找话。但百子回忆儿时的事情,也让麻子忆起了儿时。异母姐妹的回忆,不是一致的,是不同的。

姐姐再次看向墙上的画:"米勒的画有着深厚的力量,散发着强烈的喜悦。我刚从乡下来时,看到这画,就感觉进入了前所未有的洋气而华贵的生活。这是到了爸爸的家里,所以幼小的我就在心里构建着彩虹。可是……"

百子想说的,是彩虹消失了吧。但百子第一次见到这幅画的情景,对于还被妈妈抱在怀里的麻子来说,并没多少印象。对于百子所记得的母亲,她也没有印象。麻子却对此并不感觉奇怪或者不合理,难道麻子没有对异母姐姐的丝毫敌意或嫉妒吗?

小孩子都是以自我为中心的,被母亲抱在膝盖上的麻子,对于从乡下领回来的姐姐说不定就心怀蔑视。那时的麻子是什么样子呢?或许那时的麻子很憨厚,没有表现出来吧。

248

麻子想不起来，更觉讨厌。

"你之所以想看彩虹的画，或许是因为生病，也或许是因为小时候见过这幅画。"百子说。

麻子心头一震，却说："不，我是想起了琵琶湖上的冬日彩虹。"

"冬日彩虹不适合你，倒是适合我。你适合看米勒这样的春天的彩虹。"

"我，并不是姐姐想的那样。"

"是啊。也许因为我从小闯进了你的生活，就此改变了你的性格。自从我对你说我们是异母姐妹后，你就跟以前不一样了。你开始对我特别体贴。你之所以如此善良，如此对他人体贴，也源自于此吧。我是太早把实情告诉你了。"

"但如果计算一下妈妈结婚的年月和姐姐的年龄，也应该知道的吧。"

"是的。"

百子点了点头，用右手紧紧握住左手手腕，低下了头。

"小小年纪的你对我的体贴，我再明白不过。所以我曾发誓，这一生绝不负你。但我做不到，只有等我死后，只剩下骨头，再向你道歉。"

"哎呀，姐姐！"

麻子有些凹陷的眼睑抽动起来。

百子自然知道，麻子之所以肋膜损伤，完全是她对他人的体贴所致。麻子热衷于网球，是因为夏二的邀请。虽然麻子就此而愉快，但却为了迁就夏二的喜好而过度疲劳了。所以她没有把自己的病情告知夏二，这也是麻子的体贴。

百子觉得妹妹招人怜爱，但她也没有告诉夏二妹妹的病情。而这，并非是她体谅妹妹的心情。百子清楚夏二来是找妹妹的，但是跟他去博物馆，一起走在路上，她都没说。

夏二没有对百子提起麻子，应该是难为情。对此，百子既说不上高兴，也说不上不高兴。然而百子去医院看麻子，也没有说夏二的事，更没有说夏二邀请她去京都的事。

麻子不在家的日子，百子就整天忙着照顾父亲，安排厨房事宜。

"麻子不在家，爸爸整天都无精打采的。我可不喜欢。以前，爸爸什么事都托付给麻子，我自然什么都不知道。"百子摇头说，"就连汤汁，做出来也和麻子的不一样。我为这些琐事而烦心，很不痛快。跟爸爸两个人的日子，真受不了，成天低声下气的。"

百子说着，心底摇曳着一簇奇怪的火焰。继母还活着的时候，百子总是压抑自己，不让自己和父亲来往、亲近。这样的习惯保持到了现在。就连麻子病房有幅麻子母亲喜欢的画，她也怀疑是不是父亲瞒着自己拿来的。百子觉得这样的自己很可怜。

如果没有麻子看着，她简直想把牙都咬碎了。

二

两三天前就开始发布预警的台风，虽然已经偏离了，但黎明还是刮起了大风。

麻子以为听到的是雨打玻璃的声音，但那是银杏树叶发出的。银杏叶子还没有变成落叶，才刚刚发黄，或许就很脆。这棵银杏树，比医院二楼的屋顶都高。

一天早上,那树叶落得已能见到树枝时,竹宫到了医院,把麻子吓了一跳。

"啊,你怎么了?"

"我能进来吗?"

竹宫站在门口。

"把门关上,有风。"麻子说。

竹宫关上门,却没有走近。背着门的他,脸好像凸出来了似的。

"怎么回事?你怎么知道我在这里?"麻子一阵心跳。

"女佣告诉我的。"

"是吗?"

"我,就藏在你家墙后面,等女佣出来办事时,强迫她说的。"

"这样的吗?"

麻子已经能够下床了。她此时穿着箭翎状花纹的丝绸夹衣,把膝盖和脖领都盖得紧紧的。

"女佣说你姐姐去了京都,而你住院了……"

"姐姐去了京都?"

麻子愣了,却没有说出来。她觉得应该是女佣在骗竹宫吧。但她记得父亲曾说为夏二父亲设计的茶室完工了,启用时是会请父亲过去的。父亲曾说,等麻子病好了,就一起去京都。或许,姐姐先去了吧。

但这么个大风的早上,竹宫来做什么?

"我想去京都。"竹宫说。

也许是吹了风的缘故,竹宫的脸有些发红,就像冬天被冻着时的那种粉红,一直到耳际。但他刚进门时,只有嘴唇是红的。

麻子强行镇定了下来,问:"你要去京都见姐姐?"

"是的。"

"做什么?"

"做什么?我也不知道。最坏的结果,不是把姐姐杀了,就是我死了。不给别人添麻烦。"

麻子顿感碰到了蜥蜴冰凉的皮。

"你来这里就是跟我说这个?"

"不。我是来感谢麻子小姐的,就是为了来看望一下。"

麻子感觉听到的是一句废话。

"上次去你家,觉得你人很好,所以我们都老老实实地回去了。"

"是吗?不过你们四个人一起来,很卑鄙,让我很生气。真是太有意思了。"

"是吗?"竹宫垂下眼睑。

"还有,我想把姐姐的项链给你,希望能还给姐姐。"

竹宫从衣兜里掏出一条金项链,将其放到被子边上。

"这是怎么回事儿?"

"是我从姐姐那儿偷的。我知道拿这样的东西很卑鄙。我已经把姐姐给我的东西都烧了。我是在跟姐姐比胜负。"

"比胜负?不能那样。你能不去追姐姐吗?你可以等十年吗?十年后如果还想杀姐姐,就可以去杀了。"

"我活不到那个时候。"

麻子听得打了个冷战。

"五年吧,或者三年……"

"麻子小姐觉得姐姐怎样？"

麻子不知该如何回应。

"我就是来还项链的，这就告辞了，祝你好运。希望还能见到麻子小姐，如果你不能好转，我会难过的。现在的你让我很放心，请多保重……"

说完，竹宫迅速走了，只留给麻子有着长长头发的背影。

麻子躺下来，闭上眼睛，眼前还是那张有着略微蓝色的白眼珠的脸。她用手按了按眼睛，感觉一片冰凉。

风声弱了，麻子睁开眼来，看到浓重的黑云在翻卷。

麻子给父亲打了个电话，父亲说这四五天就会去京都。

"和姐姐一起去吗？……"

"是的，带百子去。你要是能出院，就一起去吧，否则你还是好好养身体。如果回家只有你一个人的话，还不如就在医院等着。"

"姐姐不在家吗？"

"风停了后她就出去了。这么大的风，医院怎样了？"

"唉……"

竹宫到医院来，说姐姐去了京都。麻子想告诉父亲，却没有说出口。

三

父亲和百子乘坐"鸠号"去往京都。乘务员在列车广播中说这是一辆新式客车，二等车厢的座位可以用脚踏板来控制靠背高中低不同的高度，甚至可以向后倾斜四十五度。

父亲将椅背向后倾斜了四十五度,舒展开了身体。百子也想学父亲的样子,却突然想起自己怀了竹宫的孩子,已经不能向后仰了。

百子的肚子还不显怀,但她已经觉得挺不直腰了。在出发之前,百子就怀疑自己怀孕了。

百子喜欢看着外面的景色,看那些菊田里盛开的菊花,铁丝网中白色的鸡群,黄色的柿子,经过一晚夜雨而显得又黑又湿的三河路美丽的瓦顶,浜名湖沙滩上染上秋色的浪峰。

火车就在这里停了下来。

"请各位注意,请各位注意,现在等待信号中。"

广播里传来播音员的声音。

火车重新开动后,百子站了起来。厕所被设置在车厢的前后两端,前端的是男厕所,后端的是女厕所。

百子已经忍了很久,她想,这应该是怀孕的缘故。

秋叶

一

从银阁寺顺路到了法然院后,父亲带着百子回到了三条的旅馆。

"是谁说的来着,走在京都的市中心,也仿佛走在高原。今天就是这种感觉。"父亲停下来仰望天空,感觉秋高气爽。

从银阁寺出来,沿山而行,就看到了法然院的黑色大门。

水池边,已经没有菖蒲的花了。生长着红叶的庭园里,白沙中有流动的水声。寺里有很多山茶，住持为此做了很多关于山茶的俳句。但著名的单瓣茶花还未盛开。

法然院附近，是住莲山，山上的安乐寺中有松虫和玲虫的五轮塔。百子知道这里有个故事，是关于后鸟羽院的宠姬松虫、玲虫和法然上人的弟子安乐、住莲的。据说安乐、住莲就在此被处斩，他们的师父法然被流放到了佐渡。

现在这座寺庙已经冷落了，被埋没于荒草之中。

安乐寺的南面，是鹿谷的灵鉴寺。从那里顺疏水下行，便能到若王寺，其后是南禅寺。青木的家就在南禅寺附近。

今年春天，青木的父亲说："京都若王寺疏水旁的樱花，颜色特别好。"

当时，百子和麻子都觉得若王墙的大枫树的嫩叶很美。那密密的嫩叶中透出天空的颜色，确实是日本枫树的意境。

百子想去看枫树的红叶，却担心腹中的孩子，便说要顺道去青木家，然后跟父亲分手后回了旅馆。

旅馆的女招待，是春天来时没见过的。她自我介绍说，自己是以前海军大佐的女儿。

"我爸爸当上大佐后，就一直升不上去，真是丢死人了。"

"大佐已经很了不起了。他那时候是做什么的？"

"是潜水艇的司令。可战后就成了海军老人，没什么用武之地。现在却又被拉出来，他都想快点死在海里了。"

"哦，现在是又发生战争了吧。朝鲜和中国的沿海都封锁了。不过日本，日本的潜水艇都沉了吧？"

"具体怎样了？我也没空过问这些。"

她是大佐的女儿——百子想。据说她丈夫是因军舰沉没而去世的。她还有两个孩子，大的都上小学二年级了。百子不由得盯着她看。

"啊，没想到啊。漂亮的人就是显得年轻。我还以为你比我小呢，你看上去真的很年轻。"

"说什么呢，小姐才漂亮……"

女招待的眼睛虽然有些肿，却是个长脸的京都美人。她是独生女，战死的丈夫是个养子。她母亲去世了，原海军大佐不能照顾孩子，才特许她回家去住宿。

"虽说回家住，收入却比住宿工少。没办法在穿着上多花钱，看到自己喜欢的衣裳也没钱买。晚上回家，也已经是最后一趟电车了，只能在早上匆匆忙忙地跟孩子见上一面。午饭的饭盒和晚上的饭菜，我都必须在早晨上班前急急忙忙地准备。大的是个女孩，就抱怨说妈妈的餐桌总是冷冷清清的。我就让她忍着，谁叫爷爷在战争中被打败了呢。"

百子觉得这个旅馆的女招待很不容易，一个人要养活一家四口。

"我常常想，如果有个孩子能跟我一起干活就好了，总能把日子对付下去。现在里里外外就我一个人，真是连干活的劲头都没有。"

"是吗？"百子迟疑地问。

她却在心里想，如果自己怀了启太的孩子，现在会是什么样？等生下了不是启太的，而是竹宫的孩子，来年就该出去上班了吧。

女招待说，她是从六月开始上班的，时间不长，却在梅雨期患上了浸润型肺结核。夏季原本休假了，但为了孩子冬天能穿得暖和，就又来旅馆上通勤班。

"太累了，这里的工作繁重得很。"

女招待说着，拍了拍自己的肩。

"我妹妹也是肋膜不好。春天我们一起来的，给这里添了麻烦。不过现在她还在住院……"百子接着说，"但她是因为打网球犯病的。"

"身份不一样啊。"

但百子却在想，如果麻子是因为夏二而做了过于激烈的运动，或许说明她上心了。

"什么身份不一样，那都是过去的话了。"百子笑了。回想起自己的经历，不由得苦笑。

过去的潜水艇司令有退休金拿，现在又有女儿养活他和两个孙子。可在这个变化的世界中，自己的将来不知会怎样。

"确切身份的人，在现在的日本还有吗？你负担着三个人的生活，或许只有这个是确切的。"

"是的。但我的工作、我的身体，却没有一点保障。只有一点可以确定，就是四个人都要吃饭……"

女招待说，她想把一所出租的房子卖了，好做点买卖。可住在那里的三家人无论怎样也不搬。

现在，像女招待这样的人多得很，一点也不稀奇。但百子不敢相信，面前这个美人竟是有着如此遭遇的寡妇。

"你再找个男人嫁了吧。"百子轻声说。

"那有什么意思。别人都说年轻人很多，中年男人也可以。但我带着三个累赘，谁会要我。再说了，我在旅馆这些日子，看多了男人的阴暗面，已经对男人失望了。"

"找个喜欢的人吧。一个人带着病工作，却没有人会说你的好。"

"是的。要不，小姐你给我介绍一个吧。"

海军大佐的女儿突然开起玩笑来。事实上，百子对自己的话也感到吃惊，仿佛自己是要劝这位海军军官的未亡人去当别人的小老婆似的。更让她吃惊的是，她竟想起了启太的父亲青木，觉得他是可以考虑的对象。毕竟青木是单身，不会给别人添麻烦，而女招待的肺病也能得到治疗。

然而，这简直就是在胡思乱想。

对女招待的同情，为何会让她想起启太的父亲？百子觉得，女招待和青木都并非不纯洁，不纯洁的是莫名其妙地将他们两人联系起来的自己。

"不管怎样，你都要珍惜你觉得应该珍惜的东西。将来有一天你会发现，无论怎样艰难，有可以珍惜的，便是种幸福。"百子温和地说，"但我不知道，对你来说什么才是最珍贵的……"

"是啊，什么是最珍贵的？能这样直截了当地跟我说话的，只有小姐你。能给小姐收拾房间，我很高兴，何况小姐还这么漂亮……"

说着，女招待叠起百子的围巾，收起外套，就拿着热毛巾出去了。百子却端着热乎乎的茶杯愣在了那里。

"姐姐！"

竹宫无人引领地走了进来。他拉开隔扇，站在那里，长长的头发飘在脑后。

"小宫?"百子冷静地叫道,"过来坐吧。"

竹宫屈膝端坐在桌子的外侧。他面容消瘦,却目光犀利。

"姐姐,我来了。"他说。

"是吗?你来了。"百子觉得晃眼,"小宫,你去医院看麻子了?为什么?"

"为了还姐姐的项链……"

"项链我收到了。但我的东西不是应该还给我吗?和我妹妹有什么关系。"

"是的。我还想跟麻子小姐道别。"

"道别?道别什么?"

"道别这个世界。"竹宫干脆地说。

"是吗?小宫准备好去死了?"

"是的。"

"你这话是不会让我吃惊的,所以你就到妹妹那里去让她吃惊吗?"

"不是。"

"你不先到我这里,而是先去跟妹妹道别,不觉得奇怪吗?是因为麻子同情你?"

"我不需要同情,我只是想感谢她。"

"她有什么可感谢的?"

"只要她活着,就算我死了也高兴。所以我想去看看她的病情如何了。"

"是吗?"百子平静下来。

"麻子的活着能让你高兴,所以,你是来杀我的?"

"是的。"

竹宫点点头，清澈的眼睛中闪着光。

"我已经不再期望什么了。没什么了不起的，对吗？"

"是的，也许没什么了不起的，被你杀死也是可以的。但是，还是不要杀我。因为我曾多次考虑过，我要自己去死。"

"姐姐又开始戏弄我。"

"小宫，这话我以前就想对你说。我知道，小宫是同性恋对吧。可为何你不想杀和你同性恋的人，却想杀我？"

竹宫没有回答。

"请你作为一个男人而活着。这是我跟你道别的话。同性恋是无法生育的。"

但竹宫没有听清。

"如果我在这里死了，小宫的一生就完了。"

"可我不想被姐姐抛弃。"

"是吗？那你为什么想杀我？还是准备掐我脖子吗？小宫以前就经常掐我脖子……"

"我不能，我知道，我不能。"竹宫摇摇晃晃地站起来，走到百子身后，将一只手搭上她的脖子。

百子没有反应。

"姐姐，可以吗？姐姐，如果觉得难受，或者不愿意了，就跟我说，我会松开的。"

竹宫的手开始颤抖。

"真是个滑稽的孩子，来，让我看看你。"

百子想看看孩子是否会像这个人，才说了这话。

竹宫从百子的右肩探出头，眼泪却啪嗒啪嗒地掉落在桌子上。

百子闭上眼，她感到了竹宫手上实实在在的力量，好像要把她的嗓子吊起来。

"小宫！不要，小宫！"百子嘶哑地叫起来，"小宫的孩子……我肚子里有小宫的孩子！"

竹宫的手松开了，百子却突然为自己的这句话而感到羞涩，竹宫也变得可爱起来。

"孩子？"竹宫把脸贴着百子的背，"撒谎，都是撒谎！孩子？我不还是个孩子吗？"

"小宫已经不是孩子了。"百子感到一股暖意从小宫的脸上渗到了她的后背，让她的心跳加快了，"母亲是生我后才死的，小宫想在我生下孩子之前杀死我吗？"

百子的声音无限温柔。

"姐姐，是在撒谎吧。"竹宫重复着。

"不，我不可能撒这样的谎。"

"嗯……"

突然竹宫的脸和手都离开了百子。

"姐姐，这不是我的孩子。你撒谎！一定不是我的！"

"哦！小宫……"

百子仿佛被当头浇了一盆凉水。

"是不是？姐姐，那不是我的孩子。我还是个孩子呢。"

百子的心冰凉地颤抖起来。

"对，那是我的孩子，不是小宫的孩子……"

"讨厌。"

竹宫站在百子身后五六步看百子。

"姐姐在撒谎,我是不会上当的。"

他捂着脸,"啊"地叫着跑出了房间。

百子一动不动地坐着,想起第一次被启太拥抱,松开后她心底涌起了难以形容的憎恶和悲哀。

竹宫是因为嫉妒而离去的,还是因为怯懦而逃走的?

"我还是个孩子呢。"

只有这句毛骨悚然的话,在百子耳里冷冰冰地回响。

二

青木的新茶室中,只有水原和百子两位客人。

水原逛完银阁寺和法然院,便顺道来看茶室。虽然他不是来讨论茶室设计的,但还是提道:"但是,从设计者的角度来看,茶室的设计好像也是可以穿西服的,不太……"他扭头看了看百子,"这样的话,麻子来也可以穿西服……"

"哈哈,当主人的都这样了,说明茶道礼法不怎么样嘛。"青木笑了,"最近,我在一家家具店里,听说喜欢茶道的人越来越多了,想要请客喝茶的也越来越多。他们就找到一些参考书来学习茶道礼法。一次,师父在洗茶器的地方指导,据说那个人又高又胖,结果把锅盖拿起来放下的时候,啪的一声,把不知道是'黄濑户'还是'织部烧'的放锅盖的那个陶器给压碎了。"

水原附和道:"那真是够蛮力的,简直是前所未闻。"

"就是啊,那是个东京人,就此大名很快威震京都了。"

"可把放锅盖的陶器压碎应该经常出现吧。"

"不。即使你想把它压碎,也是不容易的。"

青木将锅盖往那陶器上啪啪地放了两三次,发出巨大的声响。

"关于西服,我们专门去询问了里千家的师父,说是现在到他们那里的男客人,也几乎都穿着西服。据说战前这样是不行的。穿着西服进师父家的门都会觉得不协调,觉得没有规矩,客人自己都会感到难为情……"

"可听说近来银座的小流氓们也流行学茶道。有小流氓到银座的家具店,看到志野陶瓷茶碗,就问价钱……"

"我们和他们其实也差不多。只不过,我们在战争中孩子被抓走了,房子被烧毁了,所以就隐居到京都来,也附庸风雅地请人建了座茶室。哪知道,又发生了朝鲜战争。"

"但利休虽然在桃山时代,也是战国后的人了。吉井勇就写过这样的诗。"

"利休的时代可没有原子弹。而且,现在请人设计防空壕,或许比设计茶室更重要。"

"作为建筑师,我去看过广岛、长崎的惨状。那之后再看京都,走在街上也会觉得不寒而栗。那些死胡同,在原子弹的爆炸中最是可怕。"

"是啊。也只能吃着烫豆腐,老老实实地等待可怕事情的发生……"

青木一边点茶一边说着。

"南禅寺的豆腐店离这里很近,我经常一个人去。坐在枯荷泉边的折凳上,细细地品味豆腐,看红叶飘落,日暮降临,便忘记了自己的家就在附近。现在养成了独饮的习惯，即便在茶室也会不知不觉迷迷糊糊自己给自己斟，真是羞人啊。"

壁龛里挂的是《过去现在因果经》，一共有十八行。水原知道这是青木在京都得的，先前跟他说好，要来看看。

"这就是你爸爸想看的因果经。"青木转向百子说，"这是天平时代的画经。我家的茶道用具不怎么协调，这都拜你爸爸所赐。但你爸爸是茶道会的行家里手，这些不协调，反而成为了趣味。"

"能把八世纪的日本画经，放进自己设计的壁龛，真是不可思议的幸运。"

"虽然佛画对现在而言有些过时了，但也可作为启太的供品。而且百子小姐也来了……"

那些淳朴亲切的如同偶人般的小佛像，让百子看得心中绞痛。

青木继续用小圆竹刷给百子搅茶："后来，我看了启太的日记，才发现作为父亲，实在没有很好地了解儿子的很多事，没有很好地认识儿子的真正价值。对于死去儿子的想念，让我很孤单。或许，父子之间就是如此的吧。"

"也许吧。我和女儿们，也是这样。"水原接道，却没有看百子。

"唉，如果两人都活着，我们俩的谈话就会完全不同了。"

"那……会怎样？"

"这个当着百子小姐的面，有些……启太活着时，水原先生是否同意百子小姐跟启太的交往？"青木依旧低着头，将茶碗放到百子那里，"请用。"

"谢谢！"百子向前挪了挪。

水原喃喃地说："啊？听你这么说，我当时也不是完全不知道。

那……我的意思是，那应该是百子的自由吧。"

"是吗？那就是你同意了，谢谢。"

"嗳。"

"可我当时却几乎完全不知道。这是不了解儿子的其中一点。但在启太死后，我同意了。是我这种随心所欲的做法，给百子小姐带来了麻烦。不管是为儿子祈冥福，还是作为父亲的忏悔，总之都好像和死人在打交道。所以，当今年春天在左阿弥处见面时，当我向百子小姐致谢和道歉，说事情已经过去了，就当没这回事时……百子说事情并没有过去……这句话，我一直记在心里。"

"那我也明确表态，我是认可百子对府上启太的感情的。"水原说。

"谢谢。但无论水原先生还是我，都是在启太死后才……"
青木用他的胖手擦了擦茶碗。

晚饭是在客厅吃的。毕竟要观赏庭院的红叶，还是在客厅最好。精美的是辻留茶道菜肴，百子却尝不出什么味道。她心里已乱成一团。

水原踩着高齿木屐，又下到庭院走向了茶室。

"大门两边篱笆上的茶梅开花了。"

水原的声音从外面传来时，青木正若无其事地看着百子。

"百子小姐，请多住一些时间吧。"

"好的。谢谢您。"

"夏二经常去你家，承蒙你关照了。"

"嗯，以后再确认……"

"哦，知道了。"青木的目光中闪过毫无老态的炯炯有神。

突然他眼睛布上阴云地说，"百子小姐，你在担心什么吗？"

百子脸色涨得通红，仿佛被人看穿了心事一般。

"这样说吧，当人遇到什么事情的时候，通常都是要跟他人商量的。百子小姐，无论有什么事情，你都尽管说。我对任何事都不会吃惊了，毕竟我已经是个超现实的人了。严格说来，我已经是自杀了的人了。"

百子将原本放在腿上的双手，交叉着放在了腹部。

河岸

一

琐事之所以让我们宽慰,是因为琐事让我们苦恼。

百子咕哝这句话已经很多次了。她认为一切都是生活的琐事。

竹宫的死,难道不是生活的琐事吗?百子没有生下竹宫的孩子,难道不也是生活的琐事吗?

事实上,百子之所以还活着,是因为百子的养母——麻子的生母——把氰酸钾换成了白砂糖。不过,这也不过是何等细小的琐事而已。

重病而知死之将至，自责始知事态严重，却幡然醒悟，一切并非如此。

这句话，也是百子所知道的。

这里所说的"重病"，应该不仅仅指身体的病，还是指心里的病吧。

百子就屡次得过心里的重病，现在也正在病着。生母的离世，使她心里的病变得无药可救。恋人启太的死，难道不是让她心里的病再次加重了吗？

但凡是人的语言……就连上帝的语言，都能根据自己的意愿做出一番解释。无论陷入了多么窘迫的境况，都能找出无数辩护或者辩解的恰当言辞。

但成为痛彻心扉的真实感受而说出的语言，只存在于痛彻心扉的体验之中。

百子在启太第一次拥抱她后说："哎，你这人真糟，你……"

当百子告诉竹宫"我肚子里有小宫的孩子"时，竹宫说："那不是我的孩子。我还是个孩子呢。"说完，竹宫逃走了。只有百子知道，这句话有多可怕。

现在，这两个人都死了，好像受了说出的话的惩罚。好像那些说出的话，判了他们死刑。

启太战死了，竹宫自杀了。加上百子肚子里的孩子，共死了三个人。

"但启太之死，不是我的缘故；小宫的自杀，也或许不是我的缘故。"

百子咕哝着。

"启太死的时候,我原本也想死。是因为吃了白砂糖才没死,这也不是我的缘故。小宫死之前,我也想让小宫杀死我。是他掐我的手松开了,我才得救了,这也不是我的缘故。"

但不管是谁的缘故,或者不是谁的缘故,有三个生命就这么消失了,这是事实。而百子却还活着。

"你不是该死之人……"

百子像唱歌似的反复念诵着,让那回声在心中回响,使心平静。

这是为爱苦恼而跳入濑户内海自杀的诗人生田春月生前为恋人所写的一首诗中的一行。

准备赴死的诗人对自己的恋人唱道:

你不是该死之人

你是生命之恋的妻

这是他写的绝笔。

"你不是该死之人。"

竹宫死后,百子想起竹宫曾对麻子说过类似的话。

"只要她活着,就算我死了也高兴。"

对这样的话,百子忍不住斥责,还反问他:"你是来杀我的?"

竹宫死后,这句话更是深深地印在了百子心里。

这句话还让百子进一步联想到了生母的自杀。在母亲自杀的这个冰冷世界,对于启太和竹宫之死,百子既不感到罪孽,也不感到悔恨。相反地,她的心底似乎燃烧起了对水原愤怒的烈火。

但百子将青春身体所给予的两个男子都死了,不是自然而死,是暴死。这该怎么说!并且他们都没有完全得到百子的女人之身就死了，这又该怎么说！

当时，百子和现在的麻子身处不同的时代。麻子虽然可能正在读《完全的婚礼》或《查泰莱夫人的情人》，但百子不认为麻子能理解自己的心情。

然而，来信告知竹宫自杀消息的人，却是麻子。

麻子绞尽脑汁，尽量把信写得像是一封简单的报告。就说竹宫死在了箱根山里。

百子想，竹宫所选的地方，一定与自己有关。她和竹宫在早春时去了芦湖，初夏时去了强罗。竹宫应该是在那一带死的。可麻子信中只说他死在箱根。

竹宫死后没有留下任何遗言、日记或者只言片语的文字。

也许他写过，却都撕了。但从他死前没有给百子寄过一封信的情况来说，或许他根本就没有写。并且，竹宫也不是那种会写日记的性格。

回想起来，百子也没有给竹宫寄过任何一张明信片，这也着实奇怪。

难道，他们俩的关系，就是这样的吗？

不留下任何文字的证据，是竹宫的性格。百子却为此感到虚无而茫然，并反而感到了他的纯洁、充实和实在。

事实上，死人的遗言通常都是虚伪和粉饰，是伪装真实的虚妄。百子并非不知晓。

无论动物还是植物，它们的死都不会留下任何言语。岩石和水也如此。

百子准备吃氰酸钾前，也没有写遗书，而是烧毁了以前的所有日记。

"小宫，你什么都没有说呀。"

读着妹妹的信，百子为少年的沉默而合十，姗姗地流下了泪水。

"你的家人一定为此不满吧。但对我如此足矣。谢谢你，小宫。"

麻子在信中说让百子暂时不回东京。

"感谢精明小姐的提醒，你是不会杀人的吧。"

据说麻子为竹宫上了坟。

"这是为什么？这是在替姐姐去死吗？还是替姐姐谢罪？"

那些葬着祖祖辈辈的陈旧墓碑，和美丽少年很不相配。

进入到百子体内的少年，抚摸着百子的肌肤，用胳膊紧紧搂住百子的脖颈。少年不在坟场，现在他不在任何地方。

但百子毛骨悚然起来，甚至浑身发抖。竹宫的孩子离开百子身体死去时，孩子的父亲不是也死了吗？麻子虽然没有告知竹宫自杀的日期和时间，但百子脑海中如同划过了一道闪电。

"那时候，小宫或许也死了。一定是的。"

那时，百子流了好多血，一个生命就此消失了。虽然不知道孩子是男还是女，但父亲和孩子在同一时间相互呼唤着离开了箱根和京都，那是怎样神秘的吻合。

如果有阴间的话，那宛如少女形态的父亲一定抱着形体不全的鲜血淋淋的婴儿，在黄泉路上徘徊。

"我还是个孩子呢。"那父亲一定在如此呢喃……

百子确实把竹宫当作孩子，没把他放眼里，对某些事感觉麻痹。但她做梦也没料到，会怀上竹宫的孩子。

一个少年，离"父亲"这样的名词，还差很远的距离。这样的少年却成为了父亲,是大自然的生命力,或者说是造物者的神奇。这让百子大为吃惊,如同被神圣的鞭子抽打了一般。

但她是打算生下这个孩子的。当然,她并不指望作为父亲的竹宫,把他当作是自己一个人的孩子就好。并且,她也准备离开父亲的家了。

虽然当她向竹宫坦承时,觉得难为情,但她也清楚,不能一直对其隐瞒。想到在和竹宫分手后,才发现有了他的孩子,简直就是人生的讽刺。

百子在被竹宫掐紧脖子感到痛苦时,才猛地坦承怀了孩子,突然她又觉得孩子的父亲可爱起来了。但也是这时,百子知道了竹宫的吃惊,他不是轻易会相信的人。

竹宫从未怀疑过自己,所以说:"这不是我的孩子。你撒谎!"但随后竹宫似乎又对自己产生了怀疑。

即便百子可以对此作出可信的辩解,也不能证实自己的清白。竹宫不知是她的第几个少年,也许他和以前的西田一样,把她当作了妖妇。竹宫怀疑这是比自己年龄大的人的孩子,也在情理之中。

一直高高在上地蔑视少年的百子,因为怀孕而突然颠倒了位置,仿佛被屈居在下的少年蔑视了。

百子感到了女人的脆弱,这让她不能忍受。

就像第一次被启太拥抱时,她很快将其推开了一样。她觉得自己作为一个要承受男人莫大侮辱的女人,这就是她的命。

竹宫的逃走,是男人可恨的人性。当时的百子,可是正怀着竹宫的孩子。

不生下这个孩子,是女人的自卫,是向男人的报复。

百子是在医院收到麻子的来信的。

当时竹宫的逃走，并没给任何人留下麻烦。但他却死了。他当时或许逃走了，可自己却死了。他的死，就此成了百子的一个谜。

那可能不是自己的孩子。

竹宫或许就是出于对这个想法的疑惑和嫉妒才自杀的。竹宫的断然否定，或许是出于羞涩，而不是怀疑。也许就是对自己身份变换的惊讶和恐惧，从而导致了他自我的消失。

"是姐姐自己的孩子。我就是个幻影，或者说就是个幽灵。"

竹宫说的话，仿佛他已不在人间。

百子从没想过，竹宫会成为自己孩子的父亲，因而仿佛得到了一个如圣母玛利亚受孕似的奇迹之子。百子并没想过自己会成为母亲，所以这更像是一个奇迹。

对自己的怀孕毫无准备的百子，在惊愕和困惑中，有了圣母般的感受。然而，京都旅馆中竹宫的话，对她无疑是一记沉重的打击。

百子的住院，是启太父亲帮忙办理的。

"百子小姐，似乎哪里不舒服。可能是太累了吧。既然在京都病了，就由我来负责吧。我的一个老朋友可是个名医，就到那里去做一次健康检查吧。"青木说得很自然。

水原便附和道："是的，麻子那么健康，也会伤到肋膜……"

青木把医生带到旅馆，说是约明天去医院。百子觉得简直抬不起头来。

医生看过后，说怀疑百子的肺或者肾可能有问题，加上极度的精神疲劳，可能需要住院三四天，以方便仔细检查。医生没有说她怀孕了，是为了避免百子难堪，让她领会现在说出来并不合适。

百子也感到了启太父亲和自己父亲说话的技巧。这些大人很都坦然，他们自然明白，什么肺呀，肾脏呀，不过是最初的借口罢了。

青木和水原都没有过问百子的怀孕和手术。这让百子感慨，这些大人不愧是善于办事的人。他们不仅装作不知道，在手术之后，也没有给百子打过电话。这都是为了把这件事掩盖过去。

百子这才清楚地知道，自己还是个孩子，完全比不上大人。大人的这些策略，让百子感到了强烈的冲击。百子感到非常疲劳，失去孩子后的她，更加茫然若失。

医生对百子精神疲劳的判断，恐怕是对的。

在医院中用到的被褥和衣服，都是百子向青木家借的。

"这些都是亡妻的东西，放了很久，总算可以派上用场了。我本来想尽可能找些鲜艳的，可非常抱歉，都是些过去的东西，素淡得很。但那些老式的花样，现代人穿上也还行吧。"

青木一边说，一边看百子的装扮。自己儿子战死了，儿子的女人怀上了一个男孩儿的孩子，青木对其给予了亲人般的关怀。对这些，百子不甚了然。

原本百子准备隐瞒的，但一想到父亲和青木都知道自己怀孕的事，可能会在背后商量些什么，就觉得羞于见人。

自从怀孕后，百子女性的羞涩使她温和起来。即便在人流之后，也保留着这份温和。

二

水原回东京的时间延期了。

与其说是因为百子的住院，不如说是因为竹宫的自杀。

百子此时后悔不已。早知道竹宫会真的自杀，让他的孩子生下来该有多好。这是一种无法挽回的寂寞，无法言说的寂寞！

是孩子的死引发了父亲的死吧——这种奇怪的疑惑，如神秘的恐怖般纠缠着惩罚着百子。

"姐姐，不要抛弃我。"

将这样的话当作口头禅的少年，已经成了无法被抛弃的人了。

无论竹宫的死因是爱百子还是恨百子，在旁人眼里，这都是百子在跟少年调情，是百子玩弄了少年。现在，一切的后果都必须由活着的人来承受。

竹宫和启太一样，或者说跟百子死去的生母一样，死了就没有了创伤。心灵的创伤，是活人的专属。

本该两三天就能出院的百子，身体突然衰弱了下来。这让医生很是吃惊。

精神疲劳作为医生最初的诊断，似乎成了真的。好像一个强撑着的人，突然失去了支撑而瘫软了。

水原打电话到医院，对百子说准备后天回东京，想到医院来看望一下百子。

"请别来。求求您，请您别来……"百子态度很强烈。

"是吗。可不去见你就回东京，我始终放心不下。"

"没什么放不放心的。我现在还不想见任何人，请让我安安静静地待着吧。您能理解我吗？爸爸，请原谅我……"

"是吗？好吧，反正还要专门回来接你的，现在就这样吧。如果我实在因为工作的原因不能亲自来，也会让麻子来的。"

"麻子？喂，别，我不喜欢麻子，我能自己回去的。"

"这样啊。那，你就自己回去吧。但你回去会被责怪的，你没想到吗？"

"我知道，没关系的。要责怪的话，我自己责怪自己吧……"

"这样的事……不能打个电话就算了，我还是亲自过来一趟。"

"别来。因为，我是母亲的孩子……"

父亲在电话那头吃了一惊，听筒里突然地沉默了。

"喂，爸爸，现在如果和您见面，我嘴上又会说一些讨厌的话，这是我自己也不愿意的。"

父亲同意了。

就在水原回京都的第二天，启太的父亲来了。没时间涂口红的百子，嘴唇苍白，脸颊僵硬。

青木却没发现似的开心地微笑着："你怎么样了？麻子小姐给你的信，我给你带来了……"说着，就用胖乎乎的手递过来一封信。

"谢谢。"

"你爸爸昨天回去时，专门拜托送行的我要好好关照百子小姐。可我却向水原先生致谢，说我还有事要请百子小姐关照呢。"

"是吗？"百子冷淡地应着，好像都是与她无关的话。

"另外，我去问了医生，医生说只要百子小姐愿意，什么时候都可以出院。"

"啊？"百子有些吃惊，感到这是青木在让她出院似的，她看着青木，最终低头说，"我自己也是这么想来着。"

"那就好。"青木点点头道，"出了院后，就去我家住几天吧。听水原先生说，他后面会来接你……"

"谢谢。"

大人们究竟是在安慰自己，还是只是一种礼貌？百子无法做出准确的判断。百子一心一意地想随心所欲地生活，可当她想到来到这里后，就受到大人们一系列周密的安排，心底的愤怒就似乎要呼喊出来。

"虽然现在开始是京都最最出名的冷天，但晚秋初冬的京都也不错。有些人就很喜欢京都的冬天呢。"青木用亲切的口吻说，"在京都也可以赏雪。"

百子望着窗外说："等出了院，我想去一趟西山。每天从这个窗户都能看到西山的晚霞，就很想去那里看看。"

"是吗。今天就有晚霞。"青木说，"可以从岚山到嵯峨。说起岚山，就能想起樱花与枫叶相间的美景，似乎是一处普通的名胜。可在没人前去的冬天，想来会不错。我是在今天五月份的时候，从天龙寺庭院后的小路上的龟山公园，然后再沿着小仓山的山峰走到的北嵯峨。但这段路程对百子小姐而言可能太艰难了。"

百子拉了拉睡衣领子，把那里遮得严严实实。这件棉袍，披在棉袍外的短外褂，还有病床上的被褥，都是青木妻子年轻时的东西。一想到这些是启太母亲的东西，百子就觉得抬不起头来。

"我准备回去了，你还有什么事没？"青木从椅子上站了起来。

百子突然叫住他，说："青木先生，您是否知道我们在京都还有个妹妹，您应该从我父亲那里听说过吧。"

"听说过。"青木回头说，"那个被叫作'大姐'的人，我还见过呢。"

"是名艺伎吗？"

"是的。"

"我觉得麻子一定在这信里写了京都妹妹的事。"百子犹豫片刻后说，"能让我见见那个妹妹吗？"

"啊？我吗？……是啊，应该可以的吧。这样，我先跟对方说说看，看对方的想法。"

青木走后，百子打开麻子的信。但里面并没有写京都妹妹的事，并且麻子似乎也不知道百子住院的事。虽然父亲回家了，但应该没有把百子的事告诉麻子。

百子出院了，她把从青木家借的各种被褥、脸盆等物品带去了青木家。两三天后，她和青木一起去了岚山，在渡月桥前下了车。

"我打了电话，说傍晚会到'子规'。现在还有些早，我们就到对岸稍微走走好吗？"青木问百子。

百子点了点头。

"小时候，曾吃过一种特别好吃的竹子，应该就是'子规'吧。"

"是的吧。"青木走在渡月桥上，"百子小姐住院期间，我看了一部叫《四个自由》的电影，给我留下了相当深刻的印象。那是一部纪录片，反映美国为了四个自由而与德国、意大利作战并取得胜利的战争记录。最后，独裁者希特勒和墨索里尼都和自己的情人一起赴死。希特勒是在官邸的地下室里自杀的，却没有找到尸体。而墨索里尼是在逃亡瑞士时被抓住而被处死的。他和情人的尸体在电影中被放映了出来。银幕上,墨索里尼的那张大脸上有一双睁得大大的眼睛。那两具尸体似乎有些腐烂,还都被绑着倒吊在那里。他情人的上衣襟已经卷到了胸部,连肚子都露在外面了。"

彩虹之路

一

看到那两个独裁者和他们年轻的情人那样的死况,启太的父亲被深深地震撼了。

"当看到墨索里尼的情人露出肚子时,我吃惊得几乎要闭上眼睛。电影中,当把她倒吊起来,上衣开始倒着向下滑时,我都不知道会滑到哪里。直到上衣滑到乳房下面停住时,我才松了一口气……"

百子从青木身边走开,走到靠近桥栏的地方站住。

"对不起。"青木回过神来,但还是接着说,"这电影太惨了,让人无法接受。这种无法接受有两个意思。第一个是凄惨、残酷,让人不忍直视。另一个是墨索里尼那种丑陋的死,却比贪生更有力,似乎是一种彻底的生。这是日本人无论如何也比不上的。真是了不起啊!"青木仿佛觉得还没有说得足够充分,"像我们这样,不是修建茶室,就是来观赏冬天的岚山,真是没劲儿。"

"不过,现在没人来看岚山呀。"

确实,除了青木和百子,渡月桥上一个人也没有。

"嗯,即便过了红叶季节,岚山也是不错的。"

"就是有些冷清……"望着下游的方向,百子说,"红松的颜色真美,像是绿叶上染了一层深蓝。"

河水的左岸是并排而生的松树,右岸却是稀疏的松树林。百子望向这些松树。河对岸的岚山也有很多红松,后面的龟山、小仓山上,也都是松林。河流下游有个长满枯草的河岛,上面有两处冒烟的地方,在东山也能见到。

"那下游的不远处,大堰河就变成桂河了。这上游应该叫保津河吧。岚山前面把水拦住的地方,就叫大堰河……"青木走得有些催促的意味,"百子小姐,做了'十三参拜'吗?"

"没有。"

"关西参拜的人很多吧。'十三参拜'的日子是四月十三日,那是樱花盛开的时节,所以那时法轮寺的虚空藏很是热闹。"

桥头前方稍高处就是法轮寺,寺中鲜艳的多宝塔就立在那里。

青木又开始谈"三船祭"。据说那是为了模仿王朝公卿们用诗、歌、管弦等三船游乐的雅兴，而在新绿的时节举行的船祭。据说那是在红叶的时节，天龙寺船和角仓船都会出来。

冬天河水的颜色，很难让人想起乘船游乐之事。河水被拦住后，很难看出是否在流动，故而看起来深邃而平静，更加显现了冬天的色彩。

走过渡月桥，青木说："我们再走一会儿吧。"说完就拐上了右边沿河的小路。那是游览岚山的路，却一个人也没有。从桥上俯瞰的河水就在身边流淌。

"能看到河底的岩石。"百子停下来，"虽然好像挺深的样子……"

清澈的河底中，那岩石似乎有种神秘的力量。一群小鱼就游动在那块岩石的上面。

"冷吗？你这刚刚出院……"青木说。

"不冷。前些时候，您来说我随时可以出院后，我一下子就精神了。"

"那可不是我说的，是医生说的。"

"哦，还是我太娇贵了。"

"那……或许和你说的相反吧。百子是太过自我折磨了，这是我们都清楚的。"

"不。"百子摇头。

"是那样的。"青木笑着说，"先不说百子小姐的事，有人就认为如果进行自我折磨，社会就不会折磨他了。其实未必如此。可能还恰恰相反。把社会换成命运也是可以的。把社会和命运连在一起，我们这些俗人也能理解。这是无疑的。毕竟把个人的命运和社会分开，只能是孤单。"

"哦？……"百子不知该如何应对，"这话，您也对我父亲说过？"

"说过一些。"

"可我没有折磨过自己呀。虽然有时想来着，但我很清楚，并没有那样。"

"但百子小姐绝不会任凭别人安排自己吧。"

"别人？……不管如何，这次承蒙您的关照，很是惭愧，先前也未能向你表示感谢。"

"现在先别说这事。你如果就这样回到东京，你也许就会把自我折磨的沉重负担也带了回去。你爸爸和我准备对你好好安排，你有感到悔恨吗？"

"我只悔恨自己，自己的耻辱就要由自己……"百子突然停了下来。

"那就让别人来安排吧。你的内心也要接受才行。"

百子没有回答。但这是能任由别人来安排的事吗？现在百子心里，羞耻远远大于悔恨。

如果父亲和青木这些大人，让百子中了他们狡猾的计谋，那知道中计的百子是不是就更狡猾一些呢？百子对自己在迫不得已时的狡猾，有种死一样的自我厌恶。

原本父亲和青木在假装若无其事，现在连自己也要假装了。百子想，这样顺从地被青木带到岚山来，也是自己假装若无其事的后续。

出院后，去青木家住，恐怕不是懂得羞耻的女人做得出来的。

她已经失去了自我，听任了别人的安排。既然听任了，就听任到底吧——百子知道，这应该就是青木打算说的。

确实，此时的百子毫无反抗或者抗拒，她的心里空落落的。她很感激青木的关心，觉得自己似乎投靠了青木一般。

"不该死啊，启太……"青木说，"死了的人，一切都会被宽恕，因为已不可能被追捕或者惩罚。不向死去之人问罪，似乎已经成了现在还活着的，不久将死去的人所确信的。但是我想，难道就不应该让死去的人承受罪责吗？"

"但是……"百子却没有把话说完。

启太的父亲一定知道了启太和百子之间发生的什么事情了吧。

"但是，我母亲也是自杀的。您应该从我父亲那里听说了吧？"

"嗯。所以，如果有罪责，就让你母亲和启太来承担吧。"

"什么罪责？"百子明知故问地说。

"活人的一切痛苦……"

"就是要让他们去地狱吗？"

"你想让启太去吗？"

"不想。"

百子摇头。

"为了不让爱的人下地狱，活着的人反而就下了地狱吧。我有时会这样想。人的罪恶和苦恼，都不是自己的创造或发明。这一切都是在模仿前人，从前人那里继承。这些难道不都是从死去的人那里留下的传统和习惯吗？"

"小鸟也是吗？它们千万年地都在建造同样的巢……"

"那是因为小鸟中没有出现像水原先生这样的建筑家。"青木笑着说，"总之，一切都是死去人的错。我曾替启太向你道歉，因为我觉得不应该为死去的人开脱，而活着的人之间，还是互相充满谢意的好。"

"所以您就来照顾我了？"

"就让我照顾你吧。"青木轻声地说，"一见到你，我就想说启太的事。仅从这一点而言，怎么帮助你都不为过。我还想请你到我家中欣赏京都的雪景，并且过年。这事，我已经跟你爸爸说好了，也请了他在除夕的时候过来，元旦早上再回去。你爸爸曾说，每年都是在收音机里收听京都的除夕钟声，很想在京都听一次……"

"我和父亲会再来的。"

百子说得很含糊。对于把自己托付给青木的父亲，百子很难理解。她觉得这是一种怯懦。但或许父亲是为了不让麻子知道百子怀孕的事，才把百子带到京都来的，才把百子留在京都的吧？顿时，百子有种无家可归感。

"即使夏二在身边，可夏二是夏二，启太是启太，是无法替代的。"

青木似乎又想起了启太。

百子看着岸边的小树，又看着水中的倒影。这是什么树呢？那些细小的枝条如网眼般相互纠缠，又被清晰地映在水中。岸上的树，很难看清其中的枝条，可水中的枝条却是清晰可见。仿佛那不是映照出来的，而是长在水里的。虽然只是一棵普通的树，却让人感到了妖异。

百子仿佛被吸引一般地说："这样清澈见底的水，是东京无法看到的。"

抬起头,发现对面的山也映照在水中。那些林立的红松树干,也像长在了水里,那颜色甚至比山上的更为鲜艳。长有红松的山麓下,临河的临川寺的土墙,也倒映在了水中。

"已经完全是冬景了。"看着河中倒映的山峦,青木喃喃道。

"据说,东京前几天就下起了雹子和霰。妹妹说雹子和霰停了之后,出现了彩虹……虽然不知是在什么地方,但她说当时她正走在宽阔的柏油路上,路的前方就挂着大大的彩虹,她便向着彩虹的中心走去。"

百子却有种感觉:应该是麻子和夏二两人朝着彩虹走去。但她没有把这话说出来。

百子和夏二的父亲走在岚山的林荫小路上,让百子不由得回顾能走上这条小路的自己。

上游的悬崖峭壁和岩石群就近在眼前,两岸的岚山和龟山迎面而来。

走到稍高的林荫处,百子停了下来。

青木道:"就这儿了吧,我们这就回去。"

"好的。"

这时,他们看到了对岸燃烧枯叶的火焰,还有竖着的布旗。

"那就是'子规'了。百子小姐,你不是想见见你京都的妹妹吗?我把她叫来了……"

"啊!今天吗?"百子严肃地说,"如果定好了是今天,为什么不事先说呢?真是受够了!这不是在搞突然袭击吗?"

"抱歉,我本来想让你们突然见面,给你个惊喜,但还是决定先跟你说一声。"

"我真是比不上你们这些大人。"

"实在是……不过,她能不能来,还说不定。我是在中午的时候跟'大姐'说的,但还没等到回话,我就走了……"

百子默默地在前面走着。

比睿山上飘起了云,东山也隐没在了雾霭之中。近处的小仓山,有淡淡的雾气从树丛间涌了出来。

二

"呀!"

当百子被让进"子规"房间时,她吃惊地叫起来。原来在京都的艺伎舞上见到的那个小姐,就是京都的妹妹!

若子也在非常认真地看着百子。

"你们不认识吧。"青木说。

"嗯,但我们在还不认识的情况下就见过面了。"

百子对面,若子和她母亲从坐垫上起身。

"欢迎!这就是若子。"母亲把女儿介绍给百子后,接着说,"我是菊枝。"

"我是水原百子。"

"啊……"菊枝再次鞠躬道,"这次……该怎么说呢……"

在菊枝犹豫的当口,青木对百子说:"其实,我也是第一次和两位相见。"

"得到您的关照,托您的福……我真是不知道该怎样感谢您才好。"

"哦,如果上次就相认,不是更好吗?"百子问,"那时在南座,若子小姐就知道是我们了吧?"

"是的。"

"你怎么知道的?"

"是您给大谷先生的名片……"

"呀,是呀,就是给了那个婴儿的爸爸?"

"是的。"

"所以,当若子小姐知道我们的身份后,就逃走了吧?是这样的吗?"

菊枝觉得有些窘迫,便对女儿说:"不是逃走,是吃惊了吧。"

"是逃走也没关系。如果我是若子小姐,当时也会逃走的吧。"

"小姐你应该不会。不过为她设身处地地想,她当时心都快跳出来了。今天她本来害羞,不想来的。这样两个人来,我也很害羞,但她一个人更不会来……"

百子坦率地说:"我也并非家里的孩子,这个您知道吧?"

她是指自己不是在父亲家出生的,也不是正妻的。菊枝立刻领会了,不由得垂下眼睑。

"小姐你是在自己家长大的……"

"因为我母亲死了。"

"你这话说的,如果我也死了,那或许才是好的。"

"那……您应该去问若子小姐。"百子轻轻地回敬,"哪个更为幸福?……"

"是啊,幸福是很复杂的。有时即便不幸福,也很好……"

"是吗？比如说，把若子小姐领回家？"

"没有，怎么可能这样想？"菊枝有所警惕地慌乱起来。

今年春天，水原就这样说过，今天百子又说。但她还是决定不说在大德寺见水原的事。

"劳烦你这样挂念着，实在不敢当。有其父必有其女。"

"真正挂念的，是妹妹麻子。去年年末，她一个人还到京都来找过若子。"

"啊……"

这事菊枝从水原那里听过，也告诉过若子。

"那时候没有找到，我觉得很幸运。毕竟每个人的生活都是不同的……"百子看着若子说，"若子小姐，我们初次见面，你是否觉得我是姐姐？……"

"唉。"

若子依旧红着脸，低着头。她细弱而整齐的眉毛和睫毛，以及淡茶色的眼睛，都惹人怜爱。百子想起自己说起的难听话，觉得有些惭愧。

"这不是若子初次见你。"菊枝说，"在京都艺伎舞见面时，她就知道你是姐姐了。这半年以来，她心里总会出现你的影子，她做梦都想当你的妹妹……"

"那就当吧。至少对麻子来说……那时候，当麻子知道自己还有个妹妹时，不知有多高兴。麻子对若子小姐抱着的婴儿也很是体贴。"

"是的，大谷先生对此很佩服。"若子说。

"麻子对大谷先生很佩服的。"百子笑了。

"是大谷先生很佩服。若子从南座回来后，一直说她是一位温柔漂亮的小姐，眼睛也总是那样明亮，连夜里都睡不着觉了。'是吗，那真是太好了。'我这样对她说，心想这真是件好事。她和小姐的身份不同，她刚初涉人世，当感到无能为力或者心情难受时，一想到东京的姐姐，就能得到安慰。我虽然不太清楚这个孩子的心情，但我设身处地地想，觉得应该是这样的。水原先生也是这样的……我在很早之前就被先生抛弃了，尽管如此，我还是崇敬先生，并由此渡过了人世之河。"菊枝噙着泪花说，"和东京的姐姐来往，或者指望东京的姐姐，都是若子不需要的。她只是在心里想着，在东京有位温柔漂亮的姐姐。"

百子变得无言以对。

"若子小姐和父亲多久没……"

"从小时候算起，已经有十二三年没见过了吧。"

"是吗？"

"带若子去大德寺看大山茶时，若子还摇晃着走不稳呢。"菊枝回头看若子。

"我不怎么记得。"

"和父亲见见面吧。"百子对若子说。

菊枝低着头说："你说得好。小姐已经这样跟我们见面了，我们大可放放心心地等先生心情好转，那时若子也不要这样害羞了。"

百子沉默下来。

想到若子泪眼汪汪地为去大德寺见父亲的母亲送行时，菊枝就不由得热泪盈眶。

青木招呼女佣准备晚饭。

"为姐妹干杯!"青木提议说。

"是啊。"百子有些犹豫,"姐妹,这都是怎样的姐妹?三个不是同一个母亲的姐妹……"

但百子还是端起了杯子,看着若子的眼神,有些催促的意味。然而,若子并没有端起酒杯。

"怎么啦?不愿意吗?是我哪句话得罪你了?"

若子摇摇头,还是没有端起酒杯。

菊枝也没有劝若子,而是看着若子问:"是不是不愿意在艺伎的街上喝团聚酒?"

"是吗?还是不要演戏的好。"百子放下了酒杯。

虽然菊枝的辩解很是巧妙,但若子真的是这样想的吗?百子对此很是怀疑。百子感到若子之所以拒绝干杯,其中有着一种纯洁而强烈的情绪。

"没见到爸爸,一切都是白费。"说着,百子站了起来,拉开窗户说,"岚山也被黑夜淹没了。"

冬季干枯的树木间,有流水声潺潺而来。